KB146522

첫 문장

윤성희

첫 문장

윤성희

소설

PIN

004

차례

PIN

004

첫 문장

윤성희

1

어린 시절, 나는 네 번이나 죽을 뻔했다. 그중 두 번은 자살 기도라는 오해를 받았고, 한 번은 '행운의 소년들'이라는 제목으로 지역신문에 실렸다. 내가 죽으려고 다리에서 뛰어내렸다는 소문이 마을에 돌았을 때 나는 사실대로 말하지 않았다. 깨어나 보니 이미 소문이 퍼졌고, 뒤늦게 그게 아니었다고 말할 용기가 나지 않았다. 오랫동안 나는 그렇게 생각했다. 거짓말을 하려던 게 아니었다고. 그땐 어렸다고. 단지 겁이 났을 뿐이라고. 하지만 세월이 흐른 후, 아내가 떠나간 집에서 낮잠을 자던 토요일 오후에, 나는 내가 그

오해를 방패 삼아 사춘기 시절을 통과했다는 사실을 깨달았다. 낮잠을 자면서 나는 화분 밑에서 물이 흘러나오는 꿈을 꾸었다. 화분 받침대에 달려 있는 물고임 박스로 물이 넘쳤다. 나는 박스에 고인 물을 비우고 또 비웠다. 잠에서 깬 뒤, 나는 소파에 누워 오랫동안 천장을 바라보았다. 물이 넘치는 꿈은 길몽이라는 이야기를 어디선가 들은 것 같았는데. 믿지 말자. 개꿈이야. 나는 그렇게 중얼거렸다. 그리고 아내가 떠나기 전 내게 마지막으로 했던 말을 떠올렸다. 그 말을 계속 상기하면서 상처받았다는 사실을 잊지 않으려 했다. 마음 한편으로는 지금 내가 엄살을 부리고 있다는 것을 알았다. 알았지만 멈추고 싶지 않았다. 할 수만 있다면 아내가 병문안을 올 정도로 아프고 싶었다. 생명에는 지장이 없지만 누군가의 간호를 몇 달 받아야 하는 병에 걸리는 상상을 해보았다. 그러면 소문을 듣고 아내가 찾아오겠지. 물수건으로 손과 발을 닦아주며 미안하다고 하겠지. 그런 상상을 하다 보니 어렸을 적 다리에서 떨어졌던 일이 생각났다. 교실 창밖으로 떨어져 사흘

동안 혼수상태였던 일도 생각났다. 사람들은 내가 일부러 뛰어내렸다고 믿었다. 나는 소문이 제멋대로 부풀려지는 것을 지켜보았다. 무서우면서도 한편으로는 뭐라 설명할 수 없는 희열을 느꼈다. 자살 기도가 진짜였을지도 모른다는 생각을 해보기도 했다. 내 무의식에 그런 충동이 숨어 있을지 모른다고. 내가 죽고 난 뒤 누나와 형들이 죄책감에 괴로워하는 모습을 상상해보면 웃음이 나기도 했다. 소문을 진짜로 믿고 있는 친구들을 속으로 비웃었다. 난 그렇게 나약한 놈이 아니라고. 그러면 친구 따위는 필요 없게 느껴지기도 했다. 그래서 소문이 사실이 되도록 그냥 내버려두었다. 다분히 의도적으로. 나는 소파에 누워 그때 내가 얼마나 유치했는지를 생각했다. 그 소년이 40여 년이 지난 지금까지 자라지 않은 채 나를 따라다닌다고 생각하자 덜컥 겁이 났다.

첫 번째 사고는 아홉 살 때 일어났다. 우리 집은 동네에서도 맨 끝자락에 있어서 학교를 가려면 40분은 넘게 걸어야 했다. 자전거가 있는 누나와 두 형들은 나를 태워주지 않았다. 나는 진짜 동생이 아니었으니까. 등하굣길에는 다리를 세 번 건너야 했다. 그중 두 다리는 연천교와 하연교라는 이름이 있었다. 다리 이름은 돌에 한문으로 새겨져 있었는데, 다리를 지날 때마다 나는 그 앞에 서서 한자의 뜻과 음을 발음해보았다. 이을 련. 하늘 천. 다리 교. 여름 하. 못 연. 다리 교. 그 다섯 개의 한자들은 내가 내 이름 다음으로 외운 한자였다. 나는 획이 많은 한자만 보면 이상하게 발바닥이 간지러운 기분이 들었다. 그 느낌이 좋았다. 그래서 누나가 버린 한자 펜글씨 교본책을 주워다 밤마다 한 글자씩 외웠고, 문패에 적힌 한자를 읽기 위해 부러 골목길을 돌아다니기도 했다. 그날도 나는 하굣길에 문패를 읽기 위해 골목길을 한 바퀴 돌았다. 40점을 받은 받아쓰기 시험지가 가방에 들어 있었다. 까짓것. 나는 눈에 보이는 돌멩이들을 발로 찼다. 그러다 골목길에서 사이다 병뚜껑을 주웠다. 병뚜껑을 주머니에 넣고 걸었다. 집에 가서 망치로 두드려 딱지를 만들 생각이었다.

연천교와 하연교를 건넌 뒤 이름 없는 다리까지 걸어가는 동안 아무도 마주치지 않았다. 이름 없는 다리 한가운데 서서 제자리 뛰기를 했다. 다리가 흔들렸다. 평소에는 보이지 않던 창고가 앙상한 나뭇가지 사이로 언뜻 보였다. 아들이 자살을 한 뒤 동네 사람들과 왕래를 끊었다는 부부가 사는 집이었다. 서울에서 대학을 다니다 이상한 종교에 빠진 아들을 창고에 가두었는데 그만 그 아들이 허리띠로 목을 매 죽었다는 소문을 나는 할머니에게 들었다. 대학에 합격했을 때 마을 입구에 플래카드를 내걸고 동네잔치까지 하던 수재였다고 했다. 그때 머리 고기가 상해 마을 사람들이 단체로 식중독에 걸렸는데 아마 그게 불행의 시작이었을지 모른다고 할머니는 말했다. 나는 주머니에서 병뚜껑을 꺼내 창고 방향을 향해 힘껏 던졌다. 병뚜껑은 멀리 가지 못하고 냇물로 떨어졌다. 냇가에는 여름 내내 만들었다 허물었다를 반복한 돌탑의 흔적들이 보였다. 여름방학 내내 나는 냇가에서 혼자 놀았다. 자갈로 돌탑을 만들어 그 안에 개구리나 피라미를 가두어두었다가 해가 지면 살려주는 게 놀이의 전부였다. 이름이 돌석이라 똘이라는 별명으로 불리는 삼촌이 경운기를 몰고 지나가면서 말을 걸었다. "집에 안 가고 뭐 하나?" "하늘이 예뻐서요." 나는 하늘을 쳐다보면서 말했다. 똘 삼촌이 경운기를 몰고 고추밭 쪽으로 올라갔다. 나는 신발을 벗고 양말을 벗었다. 양말을 신발 안에 넣은 다음 책가방 옆에 가지런히 두었다. 그리고 다리 난간에 앉아 구름이 서서히 움직이며 사과 모양이 되어가는 것을 보았다. 발가락을 꼼지락거리면서 두 발을 흔들어보았다. "다리에 앉아 다리를 흔드네." 말장난을 해보았다. 발가락 사이로 바람이 통과하는 게 느껴졌다. 눈을 감고 천천히 몸을 흔들어보았다. 아버지가 요강을 집어 던져 항아리가 깨졌던 일도, 할머니가 죽어버리겠다며 저녁을 굶었던 일도, 어머니가 부엌에 쪼그리고 앉아서 울었던 일도, 아득히 먼 일처럼 느껴졌다. 내가 앉아 있는 이 다리만 이름이 없다는 사실이 슬프게 느껴졌다. 나는 한자를 조금 더 공부해서 다리 이름을 지어줘야겠다고 생각했다. 구름이 들어가는 한자를 넣어서. 누가 봐도 근사한 이름으로.

다리 아래로 떨어진 나를 발견한 사람은 밭일을 마치고 집으로 돌아가던 똘 삼촌이었다. 똘 삼촌은 다리를 지나가면서 책가방을 보았다. 가방도 안 가지고 집에 가다니. 바보 같은 놈. 똘 삼촌은 대수롭지 않게 지나쳤다. 자기도 어릴 적 그런 적이 많았기 때문이었다. 그러다 집에 도착할 즈음 이상한 생각이 들었다. 책가방 옆에 있던 운동화! 책가방 없이는 집에 갈 수 있지만 운동화 없이는 집에 갈 수 없는데. 똘 삼촌은 경운기를 돌렸다. 그리고 다리 아래에서 머리가 찢어진 채 기절한 나를 발견했다. 피를 어찌나 많이 흘렸는지 똘 삼촌은 내가 죽었을 거라 생각했다. 내가 깨어났다는 소식을 들은 똘 삼촌은 며칠 전 선을 본 아가씨가 일을 하는 읍내 종묘상까지 경운기를 몰고 갔다. 그리고 경운기에 묻어 있는 내 핏자국을 보여주면서 말했다. "죽을 줄 알았는데 살았어요. 내가 살린 거나 다름없어요. 그러니 나랑 결혼하지 않을래요?" 청혼을 받은 아가씨는 무슨 말인지 이해하지 못했지만 고개를 끄떡였다. 똘 삼촌은 약혼녀와 함께 복숭아 통조림을 들고 병 문안을 왔다.

사람들은 운동화를 다리 위에 가지런히 벗어놓 았다는 사실 때문에 내가 자살 기도를 했을 거라 고 믿었다. 떨어져 죽기에는 터무니없이 낮은 다 리였는데도 소문이 사라지지 않은 데는 내가 데 리고 온 자식이라는 사실도 한몫했다. 며칠 전 읍 내에서 새아버지가 친자식들에게만 불고기를 사 주는 걸 봤다는 이야기를 누군가 했다. 둘째 형이 학교 운동장에서 나에게 형이라고 부르지 말라며 밀치는 것을 봤다는 아이들도 있었다. 방학 숙제 로 낸 그림일기에 외롭다는 단어가 유독 많았다 는 담임 선생님의 증언도 나왔다. 아버지가 술만 마시면 나를 혹이라고 부른다는 소문도 돌았다. 그 소문은 나를 외양간 옆 창고에 재운다는 소문 으로 부풀려졌다. 마을 정자에 앉아서 장기를 두 던 노인들은 내 얼굴이 아이답지 않고 음침하다 는 이야기를 하기도 했다. 나는 그저 다리를 흔들 다 균형을 잃었을 뿐인데.

응급실 밖에서 나를 기다리던 아버지는 내게 당신의 성을 물려줘야겠다고 결심을 했다. 동사무소 직원은 서류 접수를 받을 수 없다고 말했다. 그건 불가능한 일이라고. "한 글자만 바꾸면 되는 일이잖소." 아버지는 말했다. 한 글자. 그게 뭐가 어렵다고. 아버지는 이해할 수가 없었다. 아버지는 동사무소에서 나와 도장 파는 집을 찾아갔다. 그러고는 박근식이라는 이름으로 도장 두 개를 팠다. 하나는 한글로. 하나는 한자로. 나는 아버지가 선물해준 도장을 교과서 맨 앞장에 찍었다. 김근식이라는 이름 옆에 박근식이라는 도장이 찍혔다. 어머니는 응급실로 달려오면서 밀린 월급을 받으러 갔다가 공장 옥상에서 투신자살을 한 내 아버지를 생각했다. 곧 아빠가 될 사람이 그런 선택을 했다는 사실 때문에 어머니는 평생 전 남편을 용서하지 않았다. 장례식장에서도 어머니는 울지 않았다. 그 눈물이 배 속의 아이에게 옮겨 갈까봐. 나는 뇌진탕 후유증으로 기억의 일부를 잃었다. 겨우 7단까지 외운 구구단을 새로 외워야 했다. 반 아이들 몇몇이 내게 사과를 했다.

나는 영문도 모른 채 사과를 받았다.

초등학교 6학년 때 반 아이들과 천렵을 갔다가
물에 빠진 사건은 지역신문에 나오기도 했다. 6
학년 2반 대심회. 여자들끼리 부반장네 과수원에
서 생일 파티를 했다는 이야기를 들은 반장이 남
자들도 뭉쳐야 한다며 만든 조직이었다. 첫 모임
으로 일요일 아침에 학교 운동장에 모여 축구 시
합을 했다. 서른두 명의 남자 중 서른 명이 참석
했다. 두 팀으로 나누어 축구 시합을 했는데 나
는 내내 벤치에 앉아 있다가 끝나기 10분 전에 투
입되었다. 아무도 내게 패스를 하지 않았다. 그래
도 공을 따라 열심히 뛰었다. 내가 속한 팀이 2 대
0으로 졌다. 축구를 마치고 동그랗게 모여 다 같
이 화이팅을 외쳤다. 그때 누군가가 말했다. "이
왕 모이는 거 이름이 있어야 하지 않을까?" 반장
이 마치 기다렸다는 듯이 대답했다. "대심 어때?
마음이 크다는 거지. 우린 여자애들처럼 그렇게
쪼잔하지 않잖아." 나는 그 이름이 싫었지만 아무
말 하지 않았다. 대심이라니. 한자로 써보면 간지

러운 기분이 하나도 들지 않았다. 누군가 우린 대장부니까, 하고 말했다. 아이들이 웃었다. 모임 이름이 만들어지자 이런저런 의견들이 나왔다. 일요일 아침마다 축구 시합을 하기, 한 달에 한 번씩 동네 청소하기, 공부를 열심히 해서 1등부터 5등까지 모두 남학생이 차지하기, 그리고 소풍 가기. 축구 시합은 그해 겨울방학이 될 때까지 꾸준히 이어졌다. 참석하는 아이들이 조금씩 줄긴 했지만. 나는 꼬박 참석했고 운 좋게 한 골을 넣기도 했다. 동네 청소는 흐지부지되었고, 기말시험은 1등부터 4등까지 모두 여자아이들이 차지했다. 5등을 한 반장이 성적표를 받고 울었다. 그리고 방학이 시작되자마자 옆 동네 강가로 소풍을 갔다. 열 살 때 용돈을 모아 산 돼지 새끼 한 마리를 서른두 마리로 불렸다는 용석이가 매운탕을 끓였다. 공부 빼고 못하는 게 없는 용석이. 우리는 용석이를 늘 그렇게 불렀다. 용석이의 장례식장에서 나는 용석의 딸에게 그 이야기를 해주었다. 열세 살 때 30인분의 매운탕을 끓였다고. 기가 막히게 맛있었다고.

그날 오후 우리는 버려진 줄배를 타고 놀았다. 노 대신 줄을 당겨서 움직이는 배였는데, 강 건너편의 작은 섬까지 연결되어 있었다. 몇몇이 배를 타고 강 건너로 갔다 와서는 기괴한 저택이 있다는 소식을 알렸다. "거기 아무도 안 사는데 비가 오는 밤이면 창으로 불빛이 보인대." 누군가 말했다. 그러자 다른 누군가 이렇게 말했다. "우리 거기 탐험해볼까?" 우리는 다섯 명씩 배에 올라탔다. 첫 번째 팀이 강 저편에 도착했다. 두 번째 팀도. 나는 세 번째 팀이었다. 배가 강 중간쯤 도착했을 때 줄이 뚝 하고 끊어지는 소리가 들렸다. 배가 빙그르 한 바퀴를 돌았다. "뛰어내려." 한 녀석이 그렇게 외치고는 배에서 뛰어내려 헤엄을 치기 시작했다. 그러다 이내 물속에서 허우적댔다. 그 모습에 놀란 나머지 아이들이 배에서 뛰어내리지 못했다. 강을 사이에 두고 양쪽에서 아이들이 소리쳤다. "헤엄쳐!" "헤엄치라고!" 배는 급류를 따라 흘러가다 서서히 물에 잠기기 시작했다. 그제야 나머지 아이들도 배에서 뛰어내렸다. 나는 가만히 있었다. 수영을 할 줄 몰랐으니까.

두 명은 헤엄을 쳐서 빠져나왔고 다른 두 명은 근처에서 야영을 하던 대학생들이 구해주었다. 나는 수박을 껴안고 살아났다. 배가 가라앉는 순간 무엇인가 동그란 물체가 보여서 그걸 붙잡았는데 글쎄 그게 수박이었던 것이다. 우리가 신문에 난 것은 그래서였다. 가라앉은 배에 탔던 다섯 명이 학교 교문 앞에서 어깨동무를 하고 사진을 찍었다. 기사 마지막에는 수박 주인의 인터뷰가 실렸다. "점심을 먹고 낮잠을 잤어요. 그러고는 물에 담가둔 수박을 건지러 갔는데 그만 사라지고 없더라고요." 그리고 이런 문장으로 기사가 끝났다. "아이들은 그 수박을 원래 주인에게 돌려주었다." 그 말은 거짓말이었다. 그날 우리들은 수박 주인을 찾지 못했다. 기자가 거짓말을 했다는 사실에 실망을 해서 나는 그 기사를 찢어버렸다. 그걸 지금까지 간직하고 있었다면 재미있을 텐데. 이제야 아쉬운 생각이 들었다. 딸이 어렸을 때 수박 모양의 튜브를 사준 적이 있었다. 딸은 상어 모양의 튜브를 가지고 싶어 했지만 나는 고집을 부렸다. 수박 튜브에 앉아서 수박을 먹고 있는 사진.

그걸 찍는 게 소원이었으니까. 그 사진을 액자에 끼워 회사 책상에 올려놓았다. 동료들이 내 자리를 지나갈 때마다 감탄사를 넣어가며 예쁘다, 예쁘다, 하고 말해주었다.

아들이 두 번이나 죽을 뻔하자 어머니는 무당을 찾아갔다. 부적 두 장을 받아 와 한 장은 베개에 넣었고 다른 한 장은 책가방 안쪽에 숨겨두었다. 무당은 죽은 남편의 혼이 따라다니는 것이라며 굿을 해야 한다고 했지만 재혼을 한 어머니는 차마 그럴 수 없었다. 중학교 2학년 때, 새 학기가 시작되자마자 2층에서 떨어지는 사고를 당했다. 어머니는 무당을 찾아가 부적이 아무런 효과가 없었다며 화를 냈다. 그리고 부적값을 도로 받아왔다. 그 돈을 들고 부모님은 작명소를 찾아갔다. 두 번이나 낙선한 국회의원이 거기서 이름을 바꾼 뒤 바로 당선이 되는 바람에 유명해진 집이었다. 박영무. 그 이름을 짓는 데 쌀 두 가마니값이 들었다고 했다. 아버지는 내게 새로운 이름이 적힌 종이를 내밀면서 말했다. "비싼 이름이야. 그러니 이름값 하며 살아야 한다." 나는 새 이름이 좋았다. 큰누나 이름은 영순. 큰형 이름은 영철. 둘째 형 이름은 영환. 거기에 내 이름을 연결하니 자연스럽게 4남매의 이름이 완성되었다. 아버지는 나를 부를 때면 꼭 성을 붙여서 불렀다. 박영무 밥 먹어라, 그렇게. 그리고 누나와 형들이 나를 근식이라고 부르면 혼을 냈다. 담임 선생님이 김근식이라고 출석을 부를 때 나는 깜빡하고 대답하는 걸 잊곤 했다. 이름값 하며 살자. 나는 가훈을 적어 오라는 숙제에 그런 문장을 적어 낸 적도 있었다.

내가 교실 2층에서 떨어져 혼수상태에 빠져 있는 동안, 추락을 목격한 반 아이들은 그날 하루 동안의 교실 풍경을 끊임없이 되돌려 기억해내야 했다. 무엇인가 잘못된 점을 찾기 위해. 누군가 나에게 상처를 주었는지 알아내기 위해. 한 아이가 체육 시간에 달리기를 하다 내가 환생을 믿느냐는 질문을 했다는 것을 생각해냈다. 피구를 할 때 일부러 내 얼굴을 향해 공을 던졌다는 고백을 한 아이도 있었다. 점심시간에 운동장 벤치에 앉아서 쭈쭈바 껍데기를 눈에 대고 해를 쳐다보는 걸 목격한 아이도 나왔다. "아, 그러고 보니 도시락도 남겼어요. 입맛이 없다 그래서 제가 남긴 걸 먹었거든요." 내 짝이 말했다. 내가 평소에도 멍하니 창밖을 자주 본다는 이야기도 나왔다. 물론, 아홉 살 때 다리에서 떨어졌던 사건도 다시 거론되었다. 그날, 수업 중 졸던 내게 분필을 던진 수학 선생님은 매일 병문안을 왔다. 다시는 학생들에게 분필을 던지지 않겠다고 약속을 했다. 의식을 회복하자 많은 사람들이 찾아와 내 손을 잡고 물었다. "왜 그랬니?" 기숙형 공장에 취직을 해서 집을 떠난 누나는 편지를 보냈다. 삶이 그대를 속일지라도, 라는 문장으로 시작되는 글이 적혀 있었다. 나는 뛰어내린 게 아니었다. 교실이 1층에 있다고 착각했을 뿐이었다. 1학년 때 나는 종종 그런 식으로 하교를 하곤 했다. 선생님이 종례를 하는 동안 책가방을 창밖으로 던진다. 그리고 아이들이 책상에서 우르르 일어나는 순간에 창밖으로 획! 문을 두고 창으로 교실을 빠져나오면 수업을 제대로 마쳤는데도 왠지 땡땡이를 친 기분이 들었다. 그날도 그랬다. 단지, 2학년이 되어 교실이 바뀐 사실을 깜빡한 것뿐이었다.

퇴원을 하고 한 달 넘게 집에서 요양을 했다. 형들이 학교에 가고 부모님이 밭으로 일을 하러 가면 집에는 나와 할머니만 남았다. 할머니는 새벽 다섯 시면 일어나 하루 종일 밭일을 하셨다는데 내가 가족이 되었을 때는 이미 시력을 잃은 뒤였다. 할머니는 마루에 앉아 종일 라디오를 들었다. 라디오에서 정시를 알릴 때마다 자리에서 일어나 맨손체조를 했다. 그래서인지 동네 다른 할머니들과 달리 허리가 꼿꼿했다. 마당을 쓸 때 할머니의 모습을 보면 눈이 보이지 않는 사람이라고는 믿기지 않았다. 마당을 쓸다가 할머니는 빗자루로 당신의 이름을 써보기도 했다. 나중에야 알았는데 할머니는 문맹이어서 이름 세 글자만 겨우 쓸 수 있었다. 마당을 쓰는 일 말고 할머니가 능숙하게 해내는 일이 또 하나 있었다. 바로 막걸리 담그기. 할머니는 점심에는 밥 대신 당신이 담근 막걸리를 두 대접씩 마셨다. 안주는 파김치. 배추김치도 아니고 열무김치도 아니고 꼭 파김치였다. 비가 오던 어느 날, 나는 할머니에게 두부부침을 해드렸다. 그랬더니 할머니가 내게 막걸리를 한 잔 따라주었다. 잔에 넘치지도 그렇다고 모자라지도 않게. "안 흘리는 거 보니 신기하지?" 할머니가 말했다. 나는 술을 한 모금 마셨다. 무슨 맛인지 몰라 한 모금을 더 마셨다. 그러다 보니 자꾸 들어갔다. 나는 한 잔을 비우고 할머니 몰래 한 잔을 더 따랐다. 할머니가 먹기 좋게 파김치를 말아서 두부 위에 올려놓았다. 그리고 나를 미워하지 않아서 고맙다고 말했다. 할머니가 그게 무슨 말이냐고 물었다. "동화책에 보면 많이 나오잖아요. 구박받는 남의 자식들요." 내가 말했다. 할머니가 내게 술을 한 잔 따르라고 했다. 한 잔을 들이켜더니 그거 참 우스운 말이다, 하고 혼잣말처럼 중얼거렸다. "비행기를 타고 달도 가는 세상에 말이다." 그 말을 하고는 할머니는 뜬금없이 달아 달아 밝은 달아 하고 노래를 흥얼거렸다. 그게 웃겨서 나는 웃었다. 내가 웃자 할머니도 따라 웃었다. 웃다 말고 할머니가 갑자기 운동화는 하얗게, 하고 말했다. "네?" 내가 되

물었다. "남들한테 무시당하지 않으려면 말이다, 운동화는 하얗게 빨고 구두는 반짝반짝 닦아라. 알았지?" 할머니가 말했다. "네 알겠어요. 운동화는 하얗게, 구두는 반짝반짝." 할머니가 돌아가셨을 때, 소식을 전해 듣고 내가 가장 먼저 한 일은 구둣방에 가서 구두를 닦은 일이었다.

"약속을 지켰어요, 할머니." 나는 천장을 향해 큰 소리로 말해보았다. 다른 건 몰라도 딸의 운동화만은 꼭 내가 빨아주었다. 번거롭더라도 꼭 운동화 끈을 풀어서 빨았다. 햇볕에 뽀송하게 말린 운동화에 다시 끈을 매는 일을 나는 좋아했다. 일요일이면 프로야구 중계를 보면서 아내의 구두를 닦았다. "그거 말고 설거지를 해줘." "그거 말고 청소를 해줘." 내가 구두를 닦을 때면 아내는 투덜대곤 했다.

창밖에서 음악 소리가 들렸다. 음악 중간중간에 확성기로 뭐라 말을 하기에 가만히 들어보니 선착순 3백 명에게 장바구니를 준다는 내용이었다. 아파트 정문 앞에 있는 마트에서 개업 이벤트를 하는 중인 듯했다. 며칠 전 맥주를 사러 갔다가 내부 수리 중이어서 돌아왔는데 아마 주인이 바뀐 모양이었다. 나는 소파에서 일어나면서 에구구 소리를 내보았다. 천장 보고. 그게 별명이었다는 청년이 떠올라 웃음이 났다. 앞으론 내 별명이 될지도 모르겠다는 생각이 들었다. 예전에 몇 년 동안 방에서 나오지 않았다는 청년을 면접 본 적이 있었다. 그때 청년이 한 말이 오랫동안 잊히질 않았다. "하루 종일 천장만 보고 있으면 나중에 방문을 여는 게 얼마나 무서운지 아세요. 전 그걸 해냈으니 이젠 무슨 일이든 잘해낼 수 있습니다." 어쩌다 회식을 하게 되면 나는 그 말을 마치 내 경험인 듯 이야기하곤 했다. 완전히 지어낸 말은 아니었다. 나도 방문을 여는 게 힘든 때가 있었다. 둘째 형이 경찰에 잡혀갔을 때. 치매에 걸린 어머니가 누나와 형들보다 먼저 내 존재를 잊었을 때. 그때 그 청년이 자신의 별명을 이야기해서 면접을 보던 우리를 웃겼다. "제 별명은 천장 보고였는데 이제는 회사 보고가 되도록 노력하겠습니다." 청년이 과할 정도로 큰 소리로 말했다. 그 말을 듣고 나는 청년에게 「천장지구」라는 홍콩 영화를 본 적이 있는지 물었다. 청년은 모르는 영화라고 했다. 나는 아내랑 그 영화를 본 적이 있었다. 결혼 전이었다. 마지막 장면을 보다 아내는 울었고, 나는 극장 뒷골목에서 고갈비에 막걸리를 마시며 나중에 홍콩을 데려가주겠다는 약속을 했다. 영화에 나오는 성당 앞에서 꼭 사진을 찍자고 아내가 말했는데 나중에 물어보니 아내는 기억을 하지 못했다. 면접을 보는 사람들이 웃었으니 청년은 당연히 합격을 하리라고 믿었을 것이다. 면접장을 나서는 청년의 얼굴에서 그런 기대감이 느껴졌다. 그 청년을 뽑지 말자고 한 것은 내가 아니었다. 지금 사장이 된 당시의 기획팀 부장이 최하 점수를 주었다. 실력은 없고 의욕만 넘치는 젊은이들이 가장 골치 아픈 유형이라고 그는 말했다. 창업주의 조카인 그는 전임 사장인 사촌 형이 횡령으로 감옥에 간 사이에 사장이 되었다. 취임사를 내가 썼다. 대학생 때 자전거를 타고 전국 일주를 한 에피소드를 적었다. 무전여행이어서 막노동도 하고 과수원에서도 일하고 냉

동창고에서도 일을 했다고. 그때의 경험이 자신을 단단한 사람으로 만들었다고. 그 글의 마지막 문장은 이랬다. 청년들이 도전하고 싶은 회사를 만들겠습니다. 신입사원들이 얼마 버티지 못하고 퇴사를 한 비율이 몇 년 전부터 급격히 높아졌다. 회사가 바뀌어야 한다는 것은 알았지만 막상 어린 친구들과 일을 하다 보면 나도 모르게 화가 나곤 했다. "말귀를 못 알아들어." 술에 취하면 나도 모르게 그런 불평이 나왔다.

장도 볼 겸 밖으로 나오니 점심에 먹고 내놓은 중국집 그릇이 아직 현관문 앞에 놓여 있었다. 그릇을 가져가라고 전화를 해야 하나. 맛이 없어서 반이나 남긴 볶음밥 그릇을 발로 밀어 구석으로 치웠다. 엘리베이터 거울에 죽은 모기가 붙어 있었다. 그 옆에 아파트 대표와 동 대표를 뽑는다는 공고문과 분리 수거일이 바뀌었다는 공고문이 보였다. 수요일 오후 네 시부터 목요일 오전 아홉 시까지. 나는 바뀐 날짜를 외워두었다. 마트에 갔더니 세일 품목이 적힌 전단지를 나눠주었다. 장바구니도 하나 받았다. 군만두가 두 봉지에 만 원이라기에 네 봉지를 카트에 넣었다. 저녁에 먹을 맥주를 두 병 집었다가 다시 내려놓았다. 그리고 여섯 개짜리 묶음으로 된 맥주를 집었다. 물냉면 4인분짜리도 한 봉지 사고, 비빔면도 한 봉지 사고, 즉석 황태국도 몇 개 샀다. 달걀 입힌 소시지를 안주 삼아 맥주를 마시면 좋을 듯싶어서 그것들도 카트에 담았다. 이제부터는 삼시 세끼를 해 먹어야 할 테니까. 냉장고가 텅텅 비어 있으니까. 그런 변명을 해가며 나는 50퍼센트 세일을 한다는 물건들이 보이면 카트에 담았다. 5만 원 이상 사서 배달을 해준다고 하기에 10킬로그램짜리 쌀도 주문했다. 돌아오는 길에 보니 엘리베이터 거울에 붙어 있던 모기가 보이질 않았다. 모기가 붙어 있던 흔적도 남아 있질 않았다. 그 바람에 내가 동을 착각한 줄 알고 내렸다가 1층 엘리베이터 문 앞에 붙은 로봇 스티커를 확인하고 다시 탔다. 스티커는 이 집으로 이사를 올 때부터 붙어 있었다. 한번은 15층에 있는 영어 교습학원에 간다는 아이에게 스티커의 이름을 물어본 적이 있었다. "헬로 카봇이잖아요." 아이가 알려주었다.

그 후로 나는 엘리베이터를 기다릴 때면 로봇 스티커에게 헬로, 하고 인사를 하곤 했다. 안녕! 한자 펜글씨 교본책을 즐겨 보던 어린 시절, 나는 안녕이 한자어인 걸 알고 깜짝 놀란 적이 있었다. 딸이 갓난아기였을 때, 나는 아이가 내 새끼손가락을 움켜쥐는 걸 좋아했다. 아이의 아귀힘은 생각보다 셌다. 그래서 부러 새끼손가락을 세차게 흔들어보곤 했다. 내 손가락을 쥔 아이의 손을 흔들며 안녕 하고 인사를 하면 아이는 방긋하고 웃었다. 주먹 쥔 아이의 손을 펴보면 손금에 때가 껴 있었다. 손에서 쉰내가 났다. 그 냄새를 맡으면 이상하게 안심이 되었다. 아이의 손바닥을 거즈로 닦으면서 나는 손금이나 사주 따위는 절대 믿지 않으리라고 생각했다.

아내는 막달에 임신중독증을 앓아서 딸을 낳고 오래 고생을 했다. 산후우울증까지 겹쳐 천안에 사는 장모님에게 아이를 맡겨야 했다. 그때 천안까지 가는 기차에서 나는 아내에게 어렸을 때 네 번이나 죽을 뻔했던 이야기를 해주었다. 아내는 왜 그 이야기를 연애할 때 해주지 않았냐고 물었다. 나는 재수 없는 사람처럼 보일까봐, 그러면 결혼을 해주지 않을까봐 그랬다고 대답했다. "재수가 없긴. 교실에서 떨어졌을 때 마침 아래층에 화단을 꾸미려고 흙이 담긴 자루들을 쌓아두었다며. 거기로 떨어졌으니 행운의 남자네. 특히, 코앞에서 간판이 떨어진 일은 라디오에 보내도 될 만한 일 아냐?" 아내는 말했다. 아내는 몇 년 후 정말로 그 사연을 라디오에 보내 선물로 칫솔 살균기를 받았다. 간판이 떨어진 일은 생각할수록 아찔한 사건인데, 막상 아나운서의 목소리로 들으니 꾸민 이야기처럼 들렸다. 누군가의 사연을 모방한 사연처럼 들렸다. 나는 고등학교를 졸업하고 싱크대를 만드는 공장에 취직을 했다. 큰형의 대학 학비와 하숙비를 대기 위해 부모님은 고추밭을 팔아야 했다. 장마에 무너진 돌담을 쌓다가 허리를 다친 아버지에게 나는 말했다. "돈 많이 벌어드릴게요. 이제부터 쉬세요." 첫 월급을 받아 아버지에게 허리띠를 사드렸다. 네 번째로 죽을 뻔했던 날, 공장에서 점심을 먹는데 공장장 아저씨가 생일이라며 잡채를 내왔다. 부인이 직원들과 나눠 먹으라며 해주었다는 것이었다. 반장 아저씨가 그래도 생일인데 케이크라도 사주자며 돈을 걷었다. 나는 돈을 내는 대신 케이크를 사 오는 심부름을 했다. 간판이 떨어진 사고는 케이크를 사가지고 돌아오는 길에 일어났다. 운동화 끈이 풀려 그걸 묶으려고 걸음을 멈춘 순간 세로로 된 간판이 내 앞으로 떨어진 것이다. 한 발 차이. 운동화 끈이 풀리지 않았다면 간판은 내 머리 위로 떨어졌을 것이다. 부서진 간판을 멍하니 보다보니 나도 모르게 웃음이 나왔다. 케이크를 들고 공장으로 돌아오니 반장 아저씨가 놀란 얼굴로 내 발을 내려다봤다. 운동화가 피에 젖어 있었다. 간판 조각이 튀면서 정강이에 박힌 것이었다. 병원에 가서 열 바늘 넘게 꿰맸다. 돌아와 보니 공장 아저씨들이 나 먹으라고 케이크를 한 조각 남겨두었다. 나는 그걸 먹으면서 울었다. 공장장이다 큰 사내놈이 운다며 놀렸다. 나는 울면서 공장 사람들에게 말했다. "저 여기 그만둘래요. 공부해서 대학 갈래요." 아내는 라디오에 보낸 편지의 마지막에 그날 천안으로 가는 기차에서 봤던

풍경에 대해 적었다. 품 안에서 아이는 잠을 자고, 자신의 무릎 위에 올려놓은 남편의 손바닥은 축축했고, 좋은 엄마가 될 수 있을까 하는 질문이 머릿속에서 맴돌았다고. 그때 고개를 돌려 창밖을 보았는데 은행잎이 지붕을 뒤덮은 낡은 시골 집에서 허리가 90도로 굽은 할머니가 나오는 것이 보였다. 그 풍경이 이상하게 아내의 마음을 편안하게 만들어주었다. 아내는 그 후로 허리가 굽은 할머니가 지팡이를 짚고 하염없이 길을 걷는 꿈을 반복해 꾸었다. 그 꿈이 산후우울증을 극복하는 데 큰 도움이 되었다고 아내는 말했다.

저녁 시간이 한참 지나서야 마트에서 산 물건들이 배달되었다. 달걀을 입혀 소시지를 부치고, 바싹하게 만두를 구워 맥주를 마셨다. 한 캔. 그리고 또 한 캔. 맥주를 마시며 아내가 꾸었다는 그 꿈이 내게로 왔으면 좋겠다는 생각을 했다.

2

일요일에 출근을 하니 경비 아저씨가 무슨 일이 있느냐고 물었다. "일이 밀려서요." 나는 거짓말을 했다. 엘리베이터를 타지 않고 계단으로 걸어 올라갔다. 1층과 2층 사이 계단에 아이스크림의 나무 막대가 버려져 있었다. 막대 끝이 분홍색으로 물들어 있었다. 딸기 맛일까? 나는 나무 막대를 발로 밟았다. 사무실 문 앞에 서서 오랫동안 출입카드를 들여다보았다. 가르마가 반대쪽에 있어서 그런지 볼 때마다 내가 아닌 다른 사람처럼 느껴졌다. 몇 년 전 보안 시스템을 바꾸면서 전 직원의 출입카드를 바꾸었는데, 어찌 된 일

인지 몇몇 직원들의 사진이 좌우가 바뀐 채 제작
되었다. 내 카드도 그중 하나였다. 새 카드로 바
꾸어주겠다며 사진이 잘못된 직원들의 명단을 적
어 갔는데 그 뒤로 흐지부지되었다. 다른 사람으
로 바뀐 건 아니어서 적극적으로 항의를 하는 직
원도 없었다. 사무실 불을 켰다가 나 혼자 있는데
그렇게 환할 필요가 있을까 하는 생각이 들어서
다시 껐다. 내 자리로 가기 전에 휴게실에 들러
커피를 한 잔 탔다. 누군가 야근을 했는지 휴게실
탁자 위에 피자 박스가 올려져 있었다. 박스를 열
어보니 피자 한 조각이 남아 있었다. 나는 박스
뚜껑을 덮은 다음 쓰레기통에 버렸다. 그리고 물
티슈로 탁자를 닦았다. 책상으로 돌아와 블라인
드를 걷었다. 창문을 열고 크게 숨을 들이마셨다.
창밖으로 족구장 자리에 임시로 지은 식당이 보
였다. 지난 말복에 회사 식당에 불이 났다. 삼계
탕을 끓이려고 준비해놓은 닭들이 새까맣게 탔
고, 그날 저녁에 그 장면이 뉴스에 나왔다. 2백인
분의 삼계탕을 끓이다 구내식당 조리원들이 탈수
로 쓰러졌다는 기사 다음에 보도되었다. 직원들

은 식당을 새로 짓는 김에 요리사도 바뀌었으면 좋겠다는 말을 했다. 맛이 없는 것은 요리사 탓이 아니었다. 식재료를 납품하는 사람이 사장의 처남이라는 사실은 공공연한 비밀이었다. 나는 자리에 앉아 커피를 한 모금 마시며 컴퓨터를 켰다.

연도별로 폴더를 만들어서 파일들을 새롭게 분류했다. 중요한 파일들은 몇 개 되지 않았다. 그래도 일부러 파일을 지웠다는 의심을 받기 싫어서 사소한 것들까지 모조리 폴더에 넣었다. 협력 업체의 연락처와 계약서들은 협력 업체라는 폴더를 만들어 저장해두었다. 올봄부터 추진해온 '저장강박증 가정 돕기' 프로젝트는 별도의 폴더에 담았다. 홍보팀은 해마다 사회공헌 활동을 기획했는데 은퇴한 남자들을 위한 요리 교실이나 독거노인들에게 도시락을 배달하는 일 등을 해왔다. 주방 소품을 파는 회사라는 틀 안에서 기획하다 보니 해마다 비슷한 일을 반복할 수밖에 없었다. 그러다 작년 겨울 정 대리가 쓰레기를 주워 오는 옆집 할머니 이야기를 해주었다. 처음에는 재활용품을 팔아 용돈을 하려나 싶었는데 나중에 보니 도저히 쓸 수 없는 물건들까지 모으기 시작하더라고. 그 말을 듣던 추 대리가 그런 사람 텔레비전 보면 무지 많아요, 하며 끼어들었다. 이런저런 이야기 끝에 집을 쓰레기로 가득 채우는 사람들을 돕는 일을 기획해보자는 의견이 나오게 되었다. 쓰레기를 치우는 것과 주방 소품을 파는 회사가 무슨 상관이냐는 반대 의견이 나왔지만, 마침 주방 소품에 한계를 느낀 회사에서 인테리어 소품으로 시장을 확장할 계획을 가지고 있었기에 쉽게 결재가 떨어졌다. 저장강박증을 가진 사람들을 만나면서 우리 팀 동료들이 가장 많이 한 말은 세상에, 였다. 세상에! 어머니가 돌아가신 뒤 버려진 물건들을 줍기 시작했다는 40대 남자는 이가 하나도 남아 있질 않았다. 태어나서 어머니가 돌아가실 때까지 한 번도 그 집을 떠난 적이 없다는 남자는 집을 치워주기보다는 불태워주길 원했다. 그러면 다시 시작할 수 있을 것 같다고 했다. 그 말을 듣고 나는 진심으로 그렇게 해주고 싶었다. 나도 그래서 이사를 한 거였다. 딸의 방문만 봐도 숨이 막힐 것 같아서. 그 방에 들어가 우는 아내를 볼 수가 없어서. 나는 아내의 반대에도 이사를 강행했다. 아내는 울지 않았다. 하지만, 더 이상 나와 눈을 마주치지 않았고 그러다 내 곁을 떠났다. 일곱 번 유산을 하고 결혼 15년 만에 간신히 딸을 낳았는데 그때부터 집을 쓰레기 더미로 만들기 시작했다는 여자도 있었다. 주말부부였던 남편은 집을 치우다가 지쳐 아예 집에 들어오지 않게 되었다. 유치원 선생이 아동 학대가 의심된다며 신고를 해서 집안의 사정이 밝혀졌다. "나도 내가 왜 이러는지 모르겠어요." 집에 쌓인 쓰레기를 치운 후 텅 빈 거실에 서서 여자는 울었다. 집이 고물들로 가득 차서 마당에 텐트를 치고 생활하는 노인도 있었다. 그 집에서는 고장 난 우산이 100개도 넘게 나왔다. 그들의 집을 방문하고 돌아오면 나는 욕조에 물을 채워 목욕을 했다. 누구도 자신이 그렇게 되리라고는 생각하지 못했을 것이다. 나는 그게 무서웠다. 무서운 생각이 들면 얼굴이 잠기도록 욕조에 누웠다. 숨이 막혀오기 시작하면 속으로 숫자를 세었다. 열. 스물. 서른. 대개 서른까지 세고 욕조에서 일어나 숨을 몰아쉬었다. 그렇게 숨을 쉬다 보면 내 자신이 하찮게 여겨졌다. 뭐가 무섭단 말인가. 그런 생각도 들었다. 다음 달에 찾아갈 가정은 고장 난 선풍기를 쌓아두는 집이었다. 마흔이 다 되어가도록 일을 하지 않고 못 쓰는 물건들만 주워 들이는 아들 때문에 동반 자살을 생각해보기도 했다는 어머니는 내 손을 잡고 말했다. "쟤가 어릴 땐 정말 사랑스러운 아이였어요. 얼마나 예뻤는데요." 나는 휴대폰 메모장을 열어 그 집의 주소를 적었다. 회사 동료들과 같이 갈 수는 없겠지만 일이 끝난 뒤에 그 집 앞을 지나가보리라. 업무와 관련된 파일을 정리하고 난 다음 나는 나머지 파일들을 모조리 삭제했다. 사진 폴더에 들어 있는 사진들과 동영상은 확인도 하지 않고 지웠다. 공인인증서도 삭제하고, 카카오톡 프로그램도 삭제했다. 모니터 배경화면을 출시되었을 때의 것으로 바꾼 다음 비밀번호를 없앴다. 컴퓨터를 끄면서 시계를 보니 열한 시가 지나 있었다. 눈이 시큰거렸다. 나는 의자를 뒤로 젖힌

다음 눈을 감았다.

　깜박 잠이 들었다가 누군가 사무실 불을 켜는 바람에 눈을 떴다. 경비 아저씨였다. 아저씨가 내 쪽으로 걸어오면서 어디 아프세요? 하고 물었다. 나는 괜찮다고 말했다. 경비 아저씨가 내 앞에 서더니 주머니에서 사탕 하나를 꺼내 주었다. "우리 손자가 일하다 졸리면 먹으라고 준 거예요." 경비 아저씨가 사탕 하나를 까서 입에 넣었다. 나도 사탕을 먹었다. "아침에 출근을 하려고 옷을 입으면 늘 주머니에 사탕이 들어 있어요. 언제 넣었는지도 모르게요." 경비 아저씨가 손자 자랑을 했다. "사진 있어요?" 내 말에 경비 아저씨가 휴대폰을 꺼냈다. 다섯 살이나 여섯 살쯤 되어 보이는 사내아이가 스파이더맨 옷을 입고 있는 사진이었다. "예쁘다, 예뻐." 나는 사진을 들여다보며 말했다. "그런 놈이 다섯이나 있어요." 경비 아저씨가 말했다. "다복한 집이네요." 말하고 보니 다복하다라는 말이 이제는 사라진 단어처럼 느껴졌다. 휴대폰을 돌려주며 경비복에 달린 명찰을 보니 이름이 장현도였다. "장현도 아저씨." 나는 이름을 불러보았다. 내 기억이 맞다면 우리 회사에 온 지 몇 달 되지 않은 분이었다. "네, 김 부장님." 경비 아저씨가 대답했다. 나는 혹시 다른 곳에서 우연히 나를 만나게 되면 그땐 박영무라고 불러달라고 했다. 비록 서류에는 존재하지 않지만 그게 내 진짜 이름이라고. 내 말을 듣고 경비 아저씨는 한참 동안 말없이 내 책상 위를 내려다보았다. 책상 위에는 사탕 껍질이 놓여 있었다. 나는 그걸 만져보았다. 소리가 났다. 아, 하고 경비 아저씨가 말문을 열었다. "오늘이 마지막이군요. 그런 거죠?" 나는 말없이 고개를 끄덕였다. "이런 말이 아무 도움은 안 되겠지만," 경비 아저씨가 주머니에서 사탕 하나를 더 꺼내 책상 위에 올려놓으며 말했다. "저는 지금까지 열 번도 넘게 잘려봤어요. 그 때마다 회사 정문에 서서 욕을 했어요. 부장님도 이따 그렇게 하세요. 제가 봐드릴게요." 나는 꼭 그렇게 하겠다고 대답했다.

경비 아저씨가 나가고 난 다음에 나는 오랫동안 사무실 문을 쳐다보았다. 문이 계속 흔들리는 것처럼 느껴졌다. 식은 커피를 한 모금 마셨다. 쌀쌀한 느낌이 들어 창문을 닫았다. 일어난 김에 기지개를 켰다. 그리고 복도로 나가 대형 쓰레기통을 들고 왔다. 쓰레기통 아래에 바퀴가 달려 있었다. 어차피 몇 년 후면 회사를 그만둘 생각이었다. 같이 입사했던 동기 중 남아 있는 사람은 나하나뿐이었다. 단지 그 시기가 조금 일찍 왔을 뿐이야. 버텨봤자 나만 힘들 뿐이야. 나는 책상 서랍에 있는 물건들을 버리면서 그렇게 중얼거렸다. "여름휴가도 안 갔다고 들었는데, 제주도라도 갔다 와." 지난주, 박 상무는 호텔 숙박권을 주면서 말했다. 퇴사 전에 밀린 휴가를 다 쓰라니. 어차피 퇴사를 하면 실컷 쉴 텐데. 나는 그 제안이 우스웠다. 아직 직원들에게는 퇴사 사실을 말하지 말라고, 이번 달 말에 조직 개편이 있을 예정인데 그때까지 비밀로 해달라고, 박 상무는 말했다. 휴가를 마치고 돌아오면 섭섭하지 않게 송별회를 열어주겠다며 박 상무의 옆자리에 앉은 정이사가 거들었다. 박 상무가 이사였을 적에 회사 게시판에 그의 불미스러운 사생활을 폭로하는 글이 올라온 적이 있었다. 그때 모두들 박 상무가 회사를 떠날 것으로 예상했는데 어찌 된 일인지 몇 달 후 상무가 되었다. 그리고 정 부장이 이사가 되었다. 정 이사는 늘 업무 지시를 두루뭉술하게 했다. 일이 잘되지 않으면 자신이 언제 그렇게 말했느냐며 발뺌을 했는데 그는 그런 식으로 책임 회피를 하곤 했다. 그가 직속상사였을 때 나도 꽤나 여러 번 곤혹스러운 일을 겪었다. 이달 말이 되면 더 큰 폭풍이 몰려올 거라고 박 상무는 말했다. 그 전에 내게만 미리 언질을 준 건 그만큼 나를 아끼기 때문이라고. 나는 생각해보겠다고 대답했다. 박 상무의 방을 나설 때만 해도 나는 끈질기게 골탕을 먹인 후에나 물러나지 그냥은 안 물러날 거라고 결심을 했다.

오늘 새벽 나는 아파트를 한 바퀴 돌아보았다. 잠이 오지 않아서 그랬다. 불이 켜진 집이 몇 채인지를 세어보았다. 1300세대의 아파트에서 새벽 여섯 시에 불이 켜진 집은 두 집밖에 없었다. 그중 하나는 우리 집이었다. 그래, 일요일이지. 일요일은 늦잠을 자는 날. 나는 불이 켜진 집을 바라보며 그렇게 중얼거려보았다. 일요일은 내가 요리사. 그런 CF 문구가 있었는데. 그 말을 하던 배우가 누구였는지 기억나지 않았다. 얼굴은 기억나지 않고 목소리만 기억났다. 일요일은 내가 요리사. 흥얼거려보았다. 그러다 문득, 회사에 가야겠다는 생각을 했다. 아무도 없을 때 가서 내 흔적을 없애야겠다. 그렇게 복수해야겠다. 그런 유치한 생각이 들었다.

첫 번째 서랍에는 필기도구와 사무용품들이 들어 있었다. 나는 서랍에 있는 펜들을 모조리 꺼내 이면지에 글자를 써보았다. 안 써지는 것은 쓰레기통에. 써지는 것은 다시 서랍에. 처음에는 동그라미나 가위표를 그려보았는데 자꾸 쓰다 보니 박 상무 개자식이란 욕까지 쓰게 되었다. 쓰다 만 지우개들은 다 버렸다. 스테이플러도 버렸다. 손잡이에 내 이름이 적혀 있었다. 그걸 지울 방법이 없었다. 호치키스. 나는 오랫동안 그 말이 일본어인 줄 알았다. 그래서 의식적으로라도 스테이플러라는 말을 사용하려고 노력했는데 나중에야 발명가의 이름인 걸 알았다. 그다음부터는 스테이플러라는 말 대신 호치키스라고 불렀다. 내가 호치키스라고 말하면 신입사원들이 깔깔깔 웃었다. 요즘에도 그런 말 쓰는 사람이 있냐면서. 그러면 나는 속으로 이렇게 말했다. 벤저민 호치키스. 발명가 이름이지. 그것도 모르면서. 내 명함도, 그동안 이런저런 거래처에서 받은 명함들도 모두 쓰레기통에 버렸다. 두 번째 서랍 안쪽에서 회사 단합대회 사진들이 나왔다. 족구를 하고 있는 내 모습 뒤로 몇 년 전에 퇴사를 한 최 대리의 모습이 흐릿하게 보였다. 점심시간만 되면 족구 시합을 하던 게 유행이던 적이 있었다. 진 팀이 아이스크림 사기. 진 팀이 커피 사기. 전군 족구대회에서 우승을 해 포상휴가를 받은 적도 있다는 최 대리 덕분에 우리 팀은 공짜 커피를 많이도 마셨다. 창립 30주년에 나눠준 시계도 나왔다. 시계는 두 시 5분에 멈춰 있었고, 줄은 삭아서 끈적끈적했다. 시계를 뒤집어보니 회장의 사인이 새겨져 있었다. 회장은 어떤 일이 있어도 일주일에 사흘은 출근을 했는데, 어찌 된 일인지 몇 주째 회사에 나오지를 않고 있었다. 치매에 걸렸다는 소문이 돌았다. 몇 년이나 같이 일한 비서한테 이름이 뭐냐고 물어보았다는 것이다. 회장이 기억을 잃게 되면 그 틈을 타 전임 사장이 재기를 노릴 것이라는 의견도 많았다. 몇몇 부장들이 내게 사실이냐고 물었다. "나도 몰라." 내가 그렇게 말해도 믿지 않는 눈치였다. 나는 회장의 자서전을 쓴 사람이었으니까. 지금은 없어졌지만 한때 사보를 발행한 적이 있었다. 홍보팀이 가장 바쁘던 시절이었다. 중요한 기사는 프리랜서를 고용하기도 했지만, 경비를 아끼는 차원에서 대부분의 기사를 직원들이 작성했다. 각 팀마다 객원기자를 한 명씩 두는 식이었다. 나는 「이런 직업도」라는 꼭지를 담당했다. 음식물 모형 제작자나 인형을 고쳐주는 인형 의사나 조향사 같은 특이한 직업을 가진 사람들을 찾아 인터뷰를 하는 코너였다. 그중 가장 반응이 좋은 인터뷰는 불펜 포수였다. 기사 제목이 '우린 코치도 아니고 선수도 아니에요'였다. 반응이 좋아 후속으로 배팅볼 투수를 인터뷰했는데 그 기사를 보고 회장님이 내게 개인적인 일을 맡겼다. 주례사를 써달라는 거였다. 주례사를 쓰고 다음에 신년사를 쓰고 다음에 창립 기념 인사말을 쓰고……. 그러다 보니 자서전까지 쓰게 되었다. 나는 시계를 쓰레기통에 버렸다. 지금까지 50번도 넘게 회장님의 주례사를 썼다. 결혼하는 사람들이 다르니 주례사는 똑같아도 상관없잖아. 아내는 그렇게 말했지만 나는 그러지 않았다. 책을 읽다가 마음에 드는 구절이 있으면 적어두었다. "이러다 내 결혼식 주례사도 아빠가 쓰는 거 아냐?" 딸이 농담을 했다. 그때 나는 뭐라고 대답했던가. 넌 아까워서 못 보내, 따위의 진부한 말들을 했을 것이다. 마지막 서랍에는 무엇이 있는지 살펴보지도 않고 전부 쓰레기통에 던져 넣었다. 파티션에 붙여놓은 메모지와 책상 위에 있는 미니 선인장까지 버리고 나니 더 이상 버릴 게 없었다. 나는 물티슈로 책상 위를 닦았다. 그리고 마지막으로 경비 아저씨가 주고 간 사탕을 먹었다. 처음 먹은 것은 자두 맛이었는데 두 번째 사탕은 박하 맛이었다. 나는 사탕을 입에 머금고 숨을 들이쉬었다 내쉬었다를 반복했다. 목구멍이 환해졌다. 눈도, 귀도, 코도, 모두 환해지는 기분이 들었다. 회사에서 마지막으로 먹은 음식이 박하 맛 사탕이라고 생각하자 뭔가 의미심장하게 느껴졌다.

로비로 나와 보니 장현도 아저씨는 자리에 없고 다른 경비 아저씨가 있었다. "그동안 고생하셨습니다." 나는 경비 아저씨에게 허리 굽혀 인사를 했다. 그리고 로비를 한 바퀴 돌아보았다. 눈물은 커녕 섭섭한 마음조차 들지 않아 약간은 당황스러웠다. 나는 주머니에 손을 넣고 딸이 아내와 함께 갔던 터키 여행에서 사다준 열기구 모양의 볼펜을 만져보았다. 책상을 정리하다 보니 모든 게 부질없게 느껴졌다. 거기에서 내가 간직하고 싶은 물건은 하나밖에 없었다.

밖으로 나와 보니 비가 내리고 있었다. 바닥이 아직 젖지 않은 걸 봐서 막 내리기 시작한 것 같았다. 하늘을 보니 먹구름은 보이지 않았다. 이 정도 비라면 버스 정류장까지는 갈 수 있을 듯해서 걷기 시작했다. 차는 아내가 가지고 갔다. 복숭아 농장을 하는 처형네로 갔는데, 원래는 몇 년 후 우리도 귀촌을 할 계획이었다. 처형네 동네에 괜찮은 시골집이 매물로 나왔다고 해서 사두기도 했다. 딸이 스무 살이 되면 회사를 그만둘 계획이었다. 그리고 지금 살고 있는 집을 팔아서 딸 앞으로 오피스텔을 한 채 사주고 나머지 돈으로 시골에 정착할 예정이었다. 처형네로 내려간 뒤 아내는 내게 한 번도 연락을 하지 않았다. 나도 연락을 하지 않았다. 가끔 형님이 아내의 소식을 전해주었다. 처음 내려와서는 하루에 다섯 끼를 먹었다는 이야기도, 마당에 놓을 평상이 필요하다기에 만들어주었더니 거기서 종일 낮잠을 잤다는 이야기도, 시골집 대문을 손수 페인트칠했다는 이야기도, 모두 형님이 전해주었다. 아내가 고등학교 3학년 때 처형이 결혼을 했는데, 아내는 언니가 못생긴 남자와 결혼하는 게 너무 억울해 결혼식장에서 펑펑 울었다고 했다. 형님은 설이나 추석에 만나면 늘 그 이야기를 했다. 갑자기 빗방울이 굵어지기 시작했다. 버스 정류장까지는 5분은 더 가야 하는데. 나는 발걸음을 빨리하다 이내 속도를 늦추었다. 오늘 같은 날은 비를 맞는 게 더 어울릴지도 모른다는 생각이 들었기 때문이다. 비를 맞고 몸살에 걸리는 것도 괜찮겠지. 그래서 버스 정류장을 지나쳐 계속 걸었다. 다음 정거장. 또 다음 정거장. 그러다 어느 정류장 근처에서 전단지를 나눠주는 사람을 만났다. 식당 오픈 기념으로 순두부를 공짜로 준다는 내용이었다. 비를 맞고 나니 따뜻한 순두부가 생각났다. 아침을 먹고 여태 아무것도 먹지 않았다는 생각을 하니 더 허기가 졌다.

식당에 가보니 손님이 얼마 없었다. 점심을 먹기엔 늦고 저녁을 먹기엔 이른 시간이었다. "이런 쫄딱 젖으셨네요." 카운터에 있던 가게 주인이 주방으로 달려가더니 수건을 들고 나왔다. 쫄딱. 오래간만에 들어보는 말이었다. 수건으로 젖은 머리를 말리면서 쫄딱 젖어서 쫄딱 망했지, 하고 말장난을 해보았다. 메뉴판 앞에 오픈 기념 이벤트 안내문이 붙어 있었다. 자세히 읽어보니 순두부를 공짜로 준다는 말이 아니라 음식을 먹은 손님에 한해서 순두부를 공짜로 포장해준다는 것이었다. 공짜인 게 있긴 했다. 술은 한 병을 마시면

한 병이 공짜였다. 나는 두부전골과 막걸리를 주문했다. 귀농을 하게 되면 마당에 정자를 짓고 그 옆에 항아리를 묻어 막걸리를 담글 생각이었다. 아내는 앵두나무를 심고 싶어 했다. "어렸을 적에는 앵두나무가 참 많이 보였는데. 몇 년 동안 앵두나무를 본 적이 없어." 아내는 말했다. 앵두. 그건 둘째 아이의 태명이기도 했다. 앵두야, 하고 부르면 아이는 배 속에서 발길질을 했다. 그 아이가 무사히 태어났다면 달라졌을까? 남아 있는 한아이 덕분에 위로를 받았을까? 종업원이 막걸리와 밑반찬을 가지고 왔다. 들깨가루로 무친 토란대가 나와 반가웠다. 막걸리 한 잔을 마시고 안주로 얼른 토란대를 먹었다. 잠시 후 종업원이 두부전골을 가지고 왔다. 나는 종업원에게 토란대를 가리키며 우리 어머니가 해준 그 맛이에요, 하고 말했다. "그건 우리 사장님 어머니가 무친 거예요." 종업원이 말했다. 전골이 끓길 기다리며 나는 벽에 걸린 텔레비전을 보았다. 인공 심장박동기가 해킹을 당할 위험이 있다는 뉴스가 나왔다. 해커들이 심장을 멈추게 할 만한 결함이 발견되어 50만 대를 리콜할 예정이라고 아나운서는 말했다. 내 옆 테이블에서 밥을 먹던 남자가 무서운 세상이 되어버렸네, 하고 말했다. 맞은편에 앉아 있던 여자가 몸을 비틀어 텔레비전을 올려다보았다. "저게 뭐. 니가 진짜 무서운 걸 아직 못 봐서 그래." 여자가 말했다. "어렸을 때 노망난 할머니가 낫을 들고 나를 쫓아온 적도 있어." 남자가 말했다. "그게 뭐? 난 여섯 살인가 일곱 살 때 할머니가 돌아가신 줄도 모르고 밤새 같이 잤어." 여자가 말했다. "고속버스 예약을 잘못해서 원래 타려던 버스를 못 탔는데, 그날 밤에 그 버스가 다리 아래로 추락한 뉴스가 나왔어. 소름이지?" 남자가 말했다. "이거나 마셔. 진짜 무서운 건 빚쟁이야. 알았어?" 여자가 남자의 잔에 소주를 따르면서 대답했다. 나는 왠지 그들이 나누는 대화가 불쾌해서 막걸리를 한 모금 들이켰다. 아무리 기계라고 하지만 사람의 몸에 들어 있는 건데 리콜이라는 단어를 쓰는 것도 이상했다. 리콜이란 단어가 싫어서 막걸리를 또 한 모금 마셨다. 안주로 두부를 먹고 형님에게 문자메시지를 보냈다. 돈을 보내줄 테니 앵두나무를 사서 마당에 심어달라고. 아내에겐 내가 부탁했다는 말을 하지 말아달라고 덧붙였다. 문자를 보내고 나니 바로 후회가 되었다. 그게 창피해서 또 막걸리를 한 모금 마셨다.

택시를 타고 집으로 돌아가는 길에 형님에게 답장이 왔다. 오늘 마늘을 심었어. 처제도 같이. 그리고 앵두나무는 벌써 심었지. 한번 내려와. 나는 답장을 소리 내어 읽어보았다. 라디오에서 인공 심장박동기 뉴스가 나왔다. 같은 뉴스를 두 번 들으니 리콜이란 단어도 이상하게 들리지 않았다. 나는 할머니가 살아 계셔서 이 뉴스를 듣게 된다면 뭐라고 할지 상상해보았다. 오래 살았더니 이런 신기한 세상도 보는구나. 더 살아서 더 신기한 걸 봐야겠다. 할머니라면 그렇게 말했을 것이다. 할머니는 뉴스를 듣는 걸 좋아했다. 특히 해외토픽 같은 코너들. 평생 한동네를 벗어난 적이 없는 분이었지만, 라디오 뉴스를 기억해두었다가 사람들에게 세계 각국에서 일어난 신기한 일들을 들려주곤 했다. 교실 2층에서 떨어진 내게 할머니는 눈사태로 차 안에 갇힌 남자의 이야기를 해주었다. 차에 있던 맥주를 마시고 오줌을 누어 눈을 녹였다는 이야기였다. 그게 어느 나라였을까? 할머니가 아는 나라는 미국과 일본과 중국밖에 없었으므로 그 나머지 나라는 할머니에게 모두 먼 나라였다. "비행기 한번 타보지 못했으니 바다 건너 소식이라도 알아야 하지 않겠냐." 라디오를 들을 때마다 할머니는 말했다. 그때 나는 빈말이라도 제가 나중에 돈 벌어서 태워드릴게요, 하고 말하지 않았다. 택시 기사가 뉴스를 듣다가 내게 물었다. "손님, 근데 심장이 왼쪽에 있던가요, 오른쪽에 있던가요?" 어릴 때 분명 배웠는데 생각이 나질 않았다. 나는 오른쪽 손바닥을 펼쳐 왼쪽 가슴에 올려보았다. 박동이 느껴지지 않았다. 왼손을 오른쪽 가슴에 대보았는데 역시 아무 느낌이 없었다. 심장이 어디에 있는지 정확히 알지도 못하면서 반평생을 살았다는 사실이 우스워 웃음이 났다. 나는 매일 출근을 할 것이다. 심장이 멈출 때까지. 회장은 내가 써준 자서전의 마지막 문장을 그렇게 바꾸었다. "심장이 멈출 땐 병원에 있어야지!" "그럼 도대체 몇 살 때까지 회사를 쥐고 있겠다는 거야?" 친하게 지내던 몇몇 동료들과 술을 마시면서 그 문장을 안주 삼아 비웃기도 했다. 나는 인쇄 직전에 출근이란 단어를 도전이라고 바꾸었다. 내 마음대로 고쳐 마음이 조마조마했는데 정작 회장은 알아차리지도 못했다. 택시 기사가 몇 동이냐고 묻기에 아파트 입구에서 내려달라고 했다. 오래된 아파트 단지라서 나무들이 울창했다. 그 때문에 매미가 우는 계절에는 민원도 많다고 아파트를 보던 날 부동산 중개인이 말했다. 집으로 가는 도중 단지 안의 놀이터를 보니 그네가 흔들리고 있었다. 나는 미끄럼틀 앞에 있는 벤치에 앉아 그네를 보았다. 그네는 계속 흔들렸다. 귀신이 타고 있나 보다. 나는 그렇게 생각하기로 했다. "대충해. 그걸 누가 읽는다고." 회사를 그만둔 뒤 베트남으로 배낭여행을 갔다가 아예 그곳에 식당을 차려 정착한 부장님은 자서전을 쓰는 내내 내게 그렇게 말했다. 맞는 말이었다. 이름도 알려지지 않은 중소기업의 회장 이야기에 누가 관심을 두겠는가. 그걸 알았지만 그래도 나는 문장을 고치고 또 고쳤다. 자서전을 쓰는 동안 즐거운 순간도 있었다. 내 마음대로 거짓말을 지어낼 때. 회장은 내가 지어낸 이야기를 좋아했다. 자서전을 끝내고 나는 한동안 나만의 자서전을 상상해보곤 했다. 30년 후, 나는 나를 뭐라고 부를까? 어떤 첫 문장으로 시작할까? 그런 상상을 하다가 주변을 둘러보면 지금 이곳이 현실인지 과거인지 미래인지 잘 모르겠다는 생각이 들곤 했다. 아내는 자서전의 첫 문장을 뭐라 적을까? 그리고, 딸은, 만약 살아 있다면 딸은 뭐라고 했을까? 어떤 첫 문장을 생각해냈을까? 나는 자리에서 일어나 그네 쪽으로 걸어갔다. 흔들리는 그네를 붙잡았다. 그리고 그네 안장을 손바닥으로 두드리며 중얼거렸다. "이제 그만." 119동 앞에 도착했을 때 순두부를 택시에 놓고 내렸다는 게 생각났다. 내일 아침에 그걸 끓여 먹을 생각이었는데. 엘리베이터에 붙어 있는 로봇 스티커에게 인사를 했다. "헬로! 안녕!"

3

일주일이 지나도록 아무도 안부 문자를 보내지
않았다. 서랍이 빈 건 모르더라도 책상 위에 있던
물건들이 없어진 걸 보면 의아한 생각이 들 텐데
말이다. 다육이 화분은 휴게실 탁자로 옮겨놓았
다. 물은 열흘에 한 번! 메모도 남겼다. 그걸 누가
가져갔을까? 파티션에 붙여놓은 '의자에 앉아서
하는 체조' 기사도 떼어버리고, 졸릴 때마다 만지
작거리던 호두 두 알도 버리고, 직원들의 생일에
동그라미를 쳐둔 탁상 달력도 버렸다. 서랍 정리
를 하다 나온 동전들은 올봄에 입사한 사원의 저
금통에 넣어주었다. 동전을 넣으면 트림 소리를

내는 저금통이었다. 그 소리가 재미있어 우리 팀 사람들은 동전이 생기면 거기에 돈을 넣어주곤 했다. 돈이 가득 차면 모두에게 커피를 사겠다고 했는데. 거기에 내가 넣은 돈만 해도 만 원은 넘을 것이다.

일주일 동안 소파에 누워 종일 스포츠 채널만 봤다. 낮에는 배구를. 저녁에는 야구를. 밤에는 당구를. 한국과 중국이 맞붙은 배구 경기를 보며 신나게 응원을 했는데 알고 보니 세 달 전에 이미 치렀던 경기였다. 승패를 알고 있었지만 그래도 결과를 모르는 사람처럼 응원을 했다. 배구 경기는 녹화 중계가 많았다. 또 봐도 지루하지 않았다. 야구는 응원하는 팀을 바꾸었다. 원래는 전해에 꼴찌를 하던 팀을 응원했는데, 그러다 보니 응원하는 팀이 우승하는 걸 생전 못 보리라는 생각이 들었다. 꼴찌를 하던 팀이 다음 해에 기적적으로 잘할 확률은 거의 없었다. 기대한 내가 바보였다. 그래서 작년에 준우승 팀으로 응원하는 팀을 바꾸었다. 새벽에 당구 시합을 보는 것은 또 다른 재미가 있었다. 네모난 화면에 가득 찬 네모난 당구대. 내가 생각한 코스대로 선수가 공을 치면 칭찬받은 아이가 된 기분이 들었다. 하지만 내 생각대로 경기를 진행하는 선수는 많지 않았다. 나는 당구를 잘 치지 못했다. 젊은 시절에 친구들하고 어울려 몇 번 쳤지만 금방 흥미를 잃었다. 혹시 동사무소 문화센터에 당구 교실이 있을지도 모른다는 생각에 홈페이지를 찾아 들어가보기도 했다. 당구반은 없었다. 있어도 등록하진 않을 테지만.

토요일 저녁에 알람이 울렸다. 일요일 누나네 결혼식. 알람과 동시에 알림 문자가 떴다. 한 달 전에 누나와 통화를 했고 2주 전에는 청첩장을 받았다. 잊지는 않았다. 나는 무슨 일이든 전날 밤에 알림 문자가 뜨도록 설정을 해놓았다. 휴대폰을 처음 사용했을 때부터 지금까지 계속 그래왔다. 나는 내일 결혼식을 제외하고 휴대폰에 저장해놓은 스케줄을 모두 지웠다.

단풍철이라 고속도로가 막힐 것을 예상해서 일찍 집을 나섰는데, 어찌 된 일인지 원주까지 오는 동안 차가 하나도 막히지 않았다. 결혼식까지 두 시간이나 남았고, 조카의 결혼식이 열릴 식장에는 다른 사람들의 결혼식이 열리고 있었다. 나는 식장 앞에 전시된 부부의 사진들을 구경했다. 신랑 신부의 키가 무척이나 컸다. 운동선수라 해도 믿을 정도였다. 신부석의 자리에 사람들이 없어 보여서 그쪽에 앉았다. 주례는 신랑의 고등학교 은사라고 했다. 주례사는 형편없었다. 선생이라는 편견 때문에 그렇게 들린 것인지 학창 시절 조회 시간에 듣던 지루한 말들과 하나도 다르지 않았다. 주례사 중간에 자리에서 일어나 밖으로 나왔다. 1층으로 내려가 커피를 한 잔 마셨다. 어디선가 노랫소리가 들렸다. 소리가 들리는 식장으로 가보니 선글라스에 검은색 정장을 입은 친구들이 「맘마미아」라는 노래를 부르고 있었다. 어찌나 잘 부르던지 뮤지컬 배우들일지도 모른다는 생각이 들었다. 주례사는 없었다. 대신 신부의 아버지가 딸에게, 신랑의 어머니가 아들에게, 편지를 낭독했다. 신랑의 아버지가 거동을 하지 못해 결혼식에 참석하지 못했다는 걸 편지를 통해 알게 되었다. 그런 아버지를 매주 목욕을 시켜주는 아들이 자랑스럽다고 어머니는 말했다. "우리 막둥이 딸 안녕." 신부의 아버지는 그렇게 편지를 시작했다. "너는 한 번도 우릴 실망시킨 적이 없는 딸이었다. 그런데 딸아. 이제 너는 우리를 위해 살아서는 안 된다." 아버지가 떨리는 목소리로 말했다. 미술 공부를 하고 싶어 했는데 반대해서 미안하다고. 교대 가는 걸 싫어했는데 억지로 보내서 미안하다고. 딸은 눈물을 흘렸다. 내 옆에 앉은 하객이 눈물을 훔쳤다. 식이 끝나고 사진 촬영을 하는데 나도 찍고 싶은 마음이 들었다. 양가 친지들이 어찌나 많은지 나 하나 낀다고 알아차릴 사람은 없을 듯했다. 나는 자리에 앉아 휴대폰으로 가족사진을 찍는 가족을 찍었다.

시간이 얼추 되어 조카가 식을 올린다는 매화실로 올라가니 신랑인 준형이만 있고 누나와 매형은 보이지 않았다. 큰형과 형수님은 벌써 와서 식장에 앉아 있었다. 조카들은 같이 오지 않았다. "진석이는요?" 내가 묻자 형수님이 시험이 며칠 남지 않았다고 대답했다. 형님네 큰아들인 진석이는 경찰공무원을 준비 중이었다. "진구는 곧 제대하겠네요." 형이 얼마 전에 마지막 휴가를 나왔는데 술 마신다며 용돈을 얼마나 많이 썼는지 모른다며 고개를 저었다. "제대해도 걱정이야. 그놈은." 둘째 아들인 진구는 고등학생 때 친구 오토바이를 몰다 사고를 낸 적이 있었다. 무면허에 횡단보도를 건너는 사람을 쳐서 일을 수습하는 데 쉽지 않았다. 그때 마음고생을 한 형수님은 조금만 신경을 써도 심장이 두근거리는 증상에 시달렸다. 병원에서는 심장에 아무 문제가 없다고 했지만 병은 나아지질 않았다. 아내가 한의원에서 심장을 달래주는 약을 지어다가 형수님에게 부치기도 했다. 누나네 큰딸인 미형이가 와서 인사를 했다. "엄마 아빠도 오셨어요. 미용실 예약이 잘못되는 바람에 늦었어요." 눈앞에서 간판이 떨어지는 바람에 죽을 뻔했던 그해에 미형이 태어났다. 불과 일주일 뒤였다. 첫 조카도 보지 못하고 죽을 수도 있었다는 생각을 하자 눈물이 났다. "처남. 처남 아이도 아닌데 왜 울어. 울려면 내가 울어야지." 매형이 나를 놀렸다. 그 조카가 어느 덧 두 아이의 엄마가 되었다니. 나는 이상하게도 큰조카가 나이 드는 게 싫었다. 다른 조카들에게는 그런 마음이 들지 않았는데 큰조카에게만 그런 마음이 들었다. "쌍둥이들은?" 형수님이 큰조카에게 물었다. "지 삼촌 결혼하는 거 싫다고 울어서요. 애 아빠가 아이스크림 사준다며 데리고 나갔어요." 식이 시작될 즈음에야 미형의 남편과 아이들이 돌아왔다. 나비넥타이에 정장까지 갖춰 입은 쌍둥이 녀석들은 삼촌을 위해 축가를 불렀다. 너무 못 불러서 하객들이 웃었다. 하객들이 웃자 노래를 부르다 말고 아이들이 울었다. "잘했어. 잘했어." 누군가 아이들에게 박수를 쳐주었다.

음식은 갈비탕이었다. 언제부터인가 나는 뷔페가 싫어졌다. 고춧가루가 묻은 음식이 다른 음식에 닿는 것도 싫었고, 샐러드의 소스가 흘러 모든 음식을 달짝지근하게 만드는 것도 싫었다. 음식을 담는 것도, 줄을 서는 것도, 번잡해서 싫었다. 큰형은 결혼식에 잔치국수를 내던 시절이 까마득하다고 말했다. 누나의 결혼식 때는 잔치국수를 냈다. 고등학생인 나는 주방 앞에 앉아서 잔치국수의 그릇 수를 세는 일을 맡았다. 그때만 해도 그릇 수를 속여 음식값을 올려 받는 예식장들이 많았다. 폐백을 마치고 누나와 매형이 우리 테이블로 왔다. 매형은 운전을 해야 한다며 소주를 반 잔만 마셨고, 누나는 한복 입고 화장실을 가는 게 번거로워 종일 물을 참았다며 맥주 한 잔을 한 번에 들이켰다. 마치 술 마시기 대회에 나간 사람처럼. "우리 누나 잘 마시네." 형이 누나에게 맥주를 한 잔 더 따라주면서 말했다. 방금 결혼을 한 조카네 부부가 인사를 왔다. 유럽 배낭여행을 갔다가 만난 사이라고 했다. 한 달 전, 누나가 조카의 결혼 소식을 알리려 전화를 했을 때 말해주었다. 로마인가 파리인가 암튼 어느 박물관에 가려고 줄을 섰는데 갑자기 소나기가 쏟아졌고 그때 뒤에 선 여자가 준형에게 우산을 씌워주었다고. 그러고는 헤어졌는데 글쎄 귀국하는 비행기에서 다시 만났다고 했다. 그것도 옆자리에. "운명이네." 내가 누나에게 말했다. "너도 그랬어. 니 부인 데리고 왔을 때. 운명이라고." 누나가 말했다. 나는 그렇게 말한 적이 없었다. 누나가 거짓말을 한 것이었다. "그러니 올 때 같이 와. 혼자 오지 말고." 누나의 말에 나도 거짓말을 했다. 꼭 같이 간다고. 걱정하지 말라고. 나는 형네 부부에게 준형이가 배낭여행을 갔다가 어떻게 해서 지금의 부인을 만났는지 사연을 이야기해주었다. "겁이 그렇게 많던 녀석이 여행 중에 여자를 다 사귀고. 대견하다 대견해." 형의 말에 우리 모두 웃었다. 지상 최대의 겁쟁이. 그게 어릴 때 준형의 별명이었다. 형은 운전을 해야 한다 그래서 나만 갈비탕 국물에 소주 서너 잔을 마셨다. 식사가 끝날 때까지 누나도 형도 아내의 안부를 묻지 않았다.

매형이 집에 가서 한잔 더 하자며 우리를 붙잡았다. 큰형이 내일 일찍 가게 문을 열어야 한다며 망설였다. 가까이 사는 것도 아닌데 이렇게 헤어지는 법이 어디 있느냐며 누나가 섭섭해했다. "누나, 그럼 나는 오늘 매형이랑 한잔하고 내일 새벽 첫차 타고 올라갈게요." 나는 말했다. 설이나 추석 때면, 우리 가족은 누나네서 하루를 놀다 오곤 했다. 딸이 죽기 전까지 거르지 않고 해마다 그랬

다. 윷놀이는 빠지지 않고 꼭 했다. 한 판에 5천
원 내기였다. "우리도 가자. 가게 하루쯤 늦게 연
다고 뭐 망하나." 형수님이 형님의 팔을 툭 쳤다.
큰형은 포천에서 낚시 가게를 했다. 근처에 낚시
꾼들에게 입소문 난 저수지가 있어서 벌이는 나
쁘지 않다고 했다. 형의 동창이 하던 가게였는데,
명예퇴직을 한 후 형은 퇴직금으로 그 가게를 인
수했다. 나는 큰형의 자동차에 탔다. "그럼 누나
네로 가죠." 매형의 차가 먼저 출발하고, 미형이
네 차가 출발하고, 마지막으로 큰형의 차가 출발
했다. 누나네 도착할 때까지 차 세 대가 나란히
달렸다.

누나가 집에 도착하자마자 마당에 있는 창고
를 가리켰다. "뭐가 달라졌게?" 누나가 물었다. 나
는 창고 앞에 있던 화단이 없어졌다고 했고, 형수
님은 장독대의 위치가 바뀌었다고 했다. "땡!" 누
나가 창고 문을 열었다. 사우나였다. 만든 지 얼
마 안 되었는지 나무 냄새가 났다. "내가 만들어
줬죠. 자식들 잘 키워준 선물로." 매형이 자랑을
했다. 철물점을 했던 매형은 가게를 접은 후부터

출장 수리를 전문적으로 하기 시작했다. 주로 욕조 배관 교체나 변기 수리를 했는데, 미형이 만들어준 홈페이지를 보고 전화를 하는 사람들이 꽤 있어서 철물점을 했을 때보다는 아니지만 그래도 먹고살기에는 괜찮다고 했다. "자자, 그럼 다들 오늘 실컷 술 마시고 내일 아침에 사우나 합시다. 술 확 깰 겁니다." 매형이 현관문을 열면서 말했다. 나는 누나네 집에 들어가면서 큰형과 형수님이 벗어놓은 신발을 가지런히 정리했다. 누나는 부엌으로 가면서 우리가 올 것을 대비해 어제 LA갈비를 재워두었다고 했다. 큰형이 좋아하는 육회를 무쳐주려고 한우도 사두었다고 자랑을 했다. 누나가 육회를 무치고 갈비를 굽는 동안 매형이 꽃게탕을 끓였다. 음식 냄새가 거실로 퍼졌다. 냄새를 맡으니 금방 배가 고파졌다. 나는 미형의 쌍둥이 아이들이 장난감 자동차를 가지고 노는 걸 구경하다 아무에게도 말하지 않고 밖으로 나왔다.

편의점에 가서 근처에 문방구가 있느냐고 물었더니 아르바이트를 하는 학생이 골목이 나올 때마다 우회전을 하라고 말해주었다. 참 이상하게도 설명을 한다 싶었는데 정말로 우회전을 세 번 하니 문방구가 보였다. 헬로 카봇 있느냐고 했더니 문방구 아저씨가 마침 비트런 하나가 남았다고 했다. 비트런이라니? "비트런 말고 헬로 카봇이오." 아저씨가 내 말에 웃었다. "비트런이 그거예요. 힙합 카봇인데 인기가 많아요." 아저씨가 건네준 박스를 보니 아파트 엘리베이터에 붙어 있는 스티커와 다르게 생긴 로봇이었다. 그럼 그 헬로 카봇은 이름이 뭐였단 말인가. "하나 더 없나요?" 나는 아저씨에게 쌍둥이에게 선물을 할 건데 하나만 사주면 싸울 것 같으니 두 개를 사야 한다고 말했다. "이거 하나 남은 것도 운 좋은 줄 아세요." 그렇게 말하며 아저씨는 헬로 카봇 시계는 몇 개 남아 있다며 그걸 권했다. 나는 비트런하고 시계 두 개를 샀다. 당구 놀이라는 장난감이 보여서 그것도 하나 샀다. 계산을 마치고 문방구 문을 여는데 입구에 요정이 그려진 핑크색 수첩이 보였다. 손바닥만 한 수첩이었다. 얼마냐고 물어보니 천 원이라고 했다. 그것도 하나 샀다. 수첩을 양복 주머니에 넣었다. 크기가 주머니와 딱 맞았다.

장난감을 보자 쌍둥이들이 달려왔다. "차렷!" 내가 말했다. 두 녀석이 내 앞에서 차렷 자세로 섰다. 시계와 로봇을 아이들에게 주었다. "고맙습니다." 두 녀석이 배꼽인사를 했다. 시계는 아이들 주먹만큼 컸다. 시계라고 했지만 시침과 분침도 없었다. 미형이 사용설명서를 읽다가 내게 한 소리를 했다. "삼촌. 건전지도 사 와야지." 나는 내 나이에 헬로 카봇이라는 것을 아는 게 어디냐며 건전지는 부모가 알아서 사주라고 대꾸했다. 미형이 거실 시계에서 건전지 두 개를 뺐다. 네 시 53분에 시계는 멈추었다. 미형은 멈춘 시계를 다시 제자리에 걸었다. 미형의 남편이 드라이버를 찾는 동안 나는 당구 놀이 장난감을 펴보았다. 손바닥만 한 당구대와 손톱만 한 당구공이 들어 있었다. 포켓볼 당구대였는데, 공에 숫자가 새겨져 있지는 않았다. 큐는 젓가락처럼 생겼다. "형 우리 내기할까?" 나는 형에게 말했다. 형이 당구대를 보더니 니가 애냐? 하고 말했다. 형의 이마에

주름이 잡힌 걸 보니 나를 한심하게 생각하는 것 같았다. "천 원 내기하자. 형 당구 잘 치잖아." 형이 싫다고 했다. "그럼 5천 원?" 형이 고개를 저었다. "그럼 만 원. 내가 봐줬다." 그러자 형이 딱한 판만 한다며 미니 당구대 앞에 앉았다. 각자 한 게임씩 해서 더 빠른 시간에 경기를 끝내는 사람이 이기는 걸로 게임 규칙을 정했다. 형이 큐로 흰 공을 때렸다. 빗맞았다. 공은 몇 센티미터 가다가 멈추었다. "애개개, 당신 젊었을 때 당구장 좀 다녔다며." 형수님이 형을 놀렸다. 쌍둥이 녀석들이 시계의 버튼을 돌렸다. 번쩍번쩍 불이 들어왔다. 시끄러운 효과음이 들리며 헬로 카봇이라고 외치는 소리가 들렸다. 쌍둥이들은 시계를 찬 팔을 높이 들고는 거실을 뛰어다녔다. "저걸 누가 사 왔냐. 시끄러워 죽겠다." 누나가 부엌에서 소리를 질렀다. 20분이 지나도록 형은 게임을 끝내지 못했다. 처음에는 즐겁게 구경을 하던 형수님이 자리를 뜨며 말했다. "그냥 졌다 해. 동생한테 만 원 주고." 형은 큐를 집어던졌다. "20분 안에 니가 끝내면 내가 만 원 주고 20분 지나면 그냥 없던 일로. 오케이?" 나는 형의 제안을 받아들였다. 나는 누나에게 지우개가 달린 연필이 있으면 달라고 했다. 누나가 안방에 들어가더니 연필 한 자루를 가지고 나왔다. 장난감에 들어 있는 큐보다 지우개 연필이 더 큐 같았다. "비겁하게." 형이 말했다. "원래 장비는 선수가 알아서 챙겨야 하는 거야." 내가 말했다. 8분 만에 경기를 끝냈다. 형이 자리에서 일어나 기지개를 켰다. 그리고 만 원짜리 한 장을 당구대 위에 던지듯 내려놓았다. "자, 이제 그만 놀고 술이나 마시자고." 매형이 거실에 상을 폈다. 미형의 남편이 음식을 날랐다. 나도 도왔다. 쌍둥이 녀석들이 숟가락과 젓가락을 놓았다. 매형이 아끼던 산삼주를 개봉했다. 형수님을 위해 잣술도 꺼냈다. 술병에 잣송이가 다섯 개나 들어 있었다. 나는 잣술을 먼저 마셨다. 태어나서 처음 맛보는 맛이었다.

내일 일찍 출근을 해야 한다며 미형이네는 저녁을 먹고는 서둘러 올라갔다. 큰형은 산삼주를 한 모금 마실 때만 해도 밤새 술을 마실 것처럼 굴더니 몇 잔 마시지 못하고 자리에 누웠다. 원래 형은 술이 약했다. 젊었을 때도 무리해서 마시면 꼭 술병이 나서 하루 이틀 흰죽만 먹곤 했다. 형수님은 더 놀고 싶은데 허리가 아파 앉아 있기가 힘들다며 형을 따라 방으로 들어갔다. 나와 매형은 프로야구 하이라이트를 보며 남은 산삼주를 마셨다. 내가 응원하는 팀이 역전승을 했다. "처남도 내일 첫차를 타야 할 테니 그만 마실까?" 마지막 산삼주를 마시며 매형이 말했다. "저 내일 출근 안 해도 돼요. 휴가예요." 나는 거짓말을 했다. 매형이 누나에게 더 마셔도 되냐고 물었다. "언제는 허락받고 마셨다고." 누나가 매형에게 눈을 흘겼다. 매형이 나를 창고로 데려가더니 마시고 싶은 술을 하나 골라보라고 했다. 창고 한쪽이 담근 술로 가득했다. 나는 솔잎주를 골랐다. 누나가 냉장고에서 반찬 그릇을 꺼내 왔다. 뚜껑을 열어보니 코다리조림이었다. "너 이거 좋아하는데 이제 생각났다." 매형이 먹던 반찬을 가지고 왔다며 뭐라 했다. 나는 오래 조려서 흐무러진 무를 한입 먹었다. 맛있었다. "휴가면 며칠 놀

다 가. 내일 사우나도 좀 하고. 너 좋아하는 아귀
찜도 해줄게." 누나가 말했다. 나는 누나와 매형
의 잔에 술을 따랐다. "고생했어요. 그리고 축하
드려요." 내 말에 누나가 눈물을 훔쳤다. "주책이
네. 너 때문에 우는 거 아니다. 영환이 생각나서
우는 거다." 매형이 누나의 어깨를 토닥여주었다.
나는 말없이 누나의 잔에 내 잔을 부딪쳤다. 영환
이 형이 경찰에 잡혀갔을 때만 해도 우리는 단순
히 물건을 훔치다 걸린 줄로만 알았다. 초범이니
가벼운 형을 받을 줄 알았는데 강도상해죄가 적
용되어 징역 5년을 받았다. "나는 밖에서 망만 봤
어요. 정말이에요." 형이 선고되었을 때 둘째 형
은 법정 바닥에 주저앉아 큰 소리로 울었다. 둘째
형에게는 고등학교 3년을 붙어 다니던 단짝 친구
들이 있었다. 누나는 그 셋을 여드름 삼총사라고
불렀다. 고등학교 졸업식 날 셋은 중국집에서 탕
수육에 이과두주를 시켜 먹었다. 그리고 같은 날
군대에 가고, 같은 날 제대를 하고, 같은 날 결혼
을 하자는 약속을 했다. 하지만 그 약속은 지켜지
지 못했고, 대신 같은 날 감옥에 갔다가 출소 후

에는 뿔뿔이 흩어졌다. 그때 누나는 매형과 약혼을 한 상태였는데 매형네 집에서 파혼을 통보했다. 그 말을 듣고 할머니가 쓰러졌다. 그리고 돌아가실 때까지 자리에서 일어나지 못했다. 파혼을 하고 며칠이 지나 퉁퉁 부은 눈으로 누나를 찾아온 매형을 나는 때렸다. 정강이를 걷어찼다. 매형은 그 일로 오랫동안 나를 놀렸다. 아내를 처음 만났을 때도 매형은 그 이야기부터 했다. "처남이 저를 발로 찼다니까요. 인간이 되라고 하면서요. 그래서 제가 정신을 차렸어요." 나는 인간이 되라고 말한 적은 없었다. 아무 말도 하지 않았다. 그냥 정강이를 발로 걷어차고 매형을 노려보았을 뿐이었다. 매형은 그 이야기를 자기 마음대로 부풀렸다. 어떤 날에는 내가 나쁜 새끼라고 욕을 했다고 했고, 어떤 날에는 주먹으로 복부를 쳤다고도 했다. 어쨌든 그날 매형은 나한테 얻어맞고, 어머니에게 물벼락을 맞았다. "매형." 나는 매형을 불렀다. "왜?" 매형이 대답했다. "그냥요. 꽃게탕이 맛있다고요." 매형이 나를 빤히 쳐다보았다. 나는 회사를 그만두었다고 고백했다. 매형은 그럴 줄 알았다는 듯 고개를 끄떡였다. "회사가 바보네. 내 동생 같은 인재를 안 붙잡고." 누나가 애써 나를 위로해주었다. "그래 이제 뭐 하려고?" 매형이 물었다. "우선 이름부터 바꾸려고요." 나는 매형에게 박영무란 이름은 쌀 두 가마니값을 주고 작명소에서 지은 이름이라며 자랑을 했다. 그날 아버지가 내게 이름값 하며 살라는 말을 했는데 그 말이 참 무서웠다는 이야기를 했다. 호주제가 폐지되었을 때 누나는 당연히 내가 이름을 바꾸리라고 생각했다. 날 보기만 하면 언제 개명을 할 거냐며 잔소리를 하기도 했다. 이름을 바꾸자니 회사 사람들에게 내 과거를 설명해야 할 것만 같았다. 우선은 그게 싫었다. 그리고 또 한 가지. 딸의 성을 어떻게 해야 할지 결정을 할 수가 없었다. 딸이 초등학교에 들어가기 전에 호주제가 폐지되었다면, 그랬다면, 더 쉽게 결정을 내렸을까? 아이의 출석부. 아이가 받은 상장들. 실내화 주머니 안쪽에 유성펜으로 쓴 이름. 그 사소한 것들이 주저하게 만들었다. "그래, 그래, 잘 생각했어." 누나가 연신 고개를 끄떡였다. 가족들 중에서 할머니를 가장 닮은 사람은 누나였다. 누나는 두 형들과 달리 처음부터 내 이름을 불러주었다. 어이. 형들은 오랫동안 나를 그렇게 불렀다.

매형이 담배를 피운다며 일어나기에 바람 쐴 겸 나와 누나도 따라 나왔다. 보름달이 떠서 마당이 환했다. 우리는 매형이 만든 그네 모양의 벤치에 앉았다. 매형이 손주들에게 선물로 주려고 만든 것이었다. 이런 손재주가 있는 할아버지를 두어 손주들은 참 좋겠어요, 하고 나는 말했다. 어른 셋이 거기 앉으니 엉덩이가 꽉 끼었다. "예전에 말이야," 누나가 말문을 열었다. "정연이가 초등학생이었을 때 우리 집에서 여름방학을 보낸 적이 있잖니." 딸이 3학년인가 4학년 때 아내가 교통사고를 당해 입원을 한 적이 있었다. 그즈음 처형네도 형편이 좋지 않아서 나는 누나에게 정연이를 맡겼다. "옛날 이 집 기억나지? 저쪽에 감나무랑 대추나무가 있고. 또 이쪽에 화장실이 있고. 참, 어느 해인가 무진장 감이 열렸는데. 너네 집에 한 상자 부쳐주기도 하고." 나는 고개를 끄떡였다. 누나가 살고 있는 동네는 지금은 다세대

주택 단지로 바뀌었지만 예전에는 논과 밭과 개울이 있는 시골 동네였다. 여름방학을 누나네서 보내고 온 딸은 논에서 메뚜기를 잡았다는 이야기를 하고 또 했다. "그 감 참 맛있었는데." 매형이 입맛을 다셨다. 매형의 아버지가 아들이 태어난 기념으로 심었다는 감나무와 대추나무. 그 나무들은 집이 불타면서 사라졌다. 원인은 누전이었다. 불이 났다는 소식에 놀란 나와 큰형이 원주로 달려갔다. "아무도 안 다쳤으니까 괜찮다. 새로 산 냉장고가 아깝긴 하지만. 이참에 나도 입식부엌 가져보자. 니 매형이 욕조도 놔준다고 했다. 난 평생 혼자 욕조에 들어가 목욕해본 적이 없거든." 누나가 잿더미가 된 집터에서 호탕하게 웃었다. 암튼, 지금 이 집이 그때 화재 이후 새로 지은 집이었다. "하루는 정연이가 고모 생일이 언제야? 하고 묻더라." 누나가 다시 말을 시작했다. "내가 웃으면서 거짓말로 내일인데, 라고 했거든. 생일선물로 뭘 갖고 싶냐고 묻길래 비싼 거 사달라고 했지. 내가 니들한테도 그런 농담을 잘 하잖아. 그런데 정연이가 밤새 고민을 했나봐. 아침에 일어나 마당을 나와 보니 글쎄 감잎마다 하트 그림을 그려놨더라고. 키가 작으니 위에 달린 잎에는 못 그리고 지 손 닿는 곳까지 그렸는데, 그때 어찌나 예쁘던지." 누나는 감나무가 있던 자리를 멍하니 바라보았다. "저기에 다시 감나무 심을까?" 매형이 말했다. "응, 그러자." 누나가 대답했다. 나는 달을 올려다보았다. 모기가 손등에 앉았다. 나는 쫓지 않고 그냥 두었다. "달이 참 예쁘다." 누나가 말했다. "달이 참 예쁘다." 매형이 똑같이 따라 했다. "응, 달이 참 예쁘다." 나도 똑같이 따라 했다.

술상을 치우고 나는 다락으로 올라갔다. 집을 새로 지을 때 미형은 다락방을 만들어달라고 매형을 졸랐다. 그때 미형은 서울에서 대학을 다니고 있었다. 졸업반이었고, 졸업 후에도 서울에서 직장을 잡을 계획이었기 때문에 미형은 방이 그리 클 필요가 없었다. 그렇다고 방이 없는 것은 섭섭했다. 미형은 부모님 집에 올 때면 휴가를 온 기분이 들었으면 좋겠다는 생각을 했다. 그러다 퍼뜩 다락방이 떠올랐다. 미형을 위해 만들었지만 정작 다락방을 차지한 사람은 준형이었다. "삼촌, 이상하게 다락방에서 공부를 하면 잘 외워져요." "그래서 몇 등인데?" 내가 묻자 준형이 그런 건 비밀이라고 말했다. 공부가 잘된다는 다락방에서 수험 생활을 했지만 준형은 번번이 대학 입시에 실패를 했다. 준형의 방에는 프리미어리그의 축구팀 머플러가 걸려 있었다. 그중 알아볼 수 있는 팀은 리버풀하고 아스널하고 첼시밖에 없었다. 베개와 이불에는 도라에몽이 그려져 있었다. 다 큰 녀석이. 피식하고 웃음이 났다. 책상 의자에 잠옷이 걸쳐져 있어서 나는 그걸로 옷을 갈아 입었다. 바지가 길었다. 책상에 앉아서 책꽂이에 꽂혀 있는 책들의 제목을 읽어보았다. 책상에 앉아보니 준형이 왜 공부가 잘되는 느낌이 든다고 했는지 알 것 같았다. 비스듬히 기운 지붕 때문에 비밀 아지트에 숨어 있는 기분이 들었다. "암기 식빵!" 시험 기간이면 아내와 딸은 암호처럼 그 말을 주고받았다. 중간고사와 기말고사 기간이면 아내는 현관에 서서 등교하는 딸에게 큰 소리로 외쳤다. "암기 식빵! 화이팅!" 아내는 나보고도 외치라고 했지만 나는 쑥스러워 그 말이 입 밖으로 나오지 않았다. 대신 진짜 암기 식빵을 만들어준 적이 있었다. 기말고사를 보는 날 아침, 식빵에 케첩으로 영어 단어를 써주었는데 딸이 이미 배운 단어라며 핀잔을 주었다. 그래도 식빵을 다 먹고 식탁 위에 물로 영어 단어를 쓰며 말했다. "먹었더니 쏙쏙 외워졌네." 나는 양복 주머니에서 핑크색 수첩과 열기구 모양의 볼펜을 꺼냈다. 수첩 맨 앞장에 딸의 이름을 적었다. 그리고 한 장을 넘겼다. 딸은, 이라고 썼다가 두 줄을 그었다. 어릴 적 정연은, 이라고 썼다가 또 지웠다. 그리고 한참을 생각하다 이렇게 적었다. '나는' 나는……. 그다음 문장을 생각해보았다. '나는 암기 식빵을 먹어본 적이 있었다.' '나는 감나무 잎에 그림을 그려보았다.' '나는 우울할 때면 엄마에게 발바닥을 간지럽혀달라고 말하곤 했다.' 아무 문장이나 생각나는 대로 중얼거려보았다. 딸이 살아 있다면 어떤 첫 문장을 생각했을까? 멋 부리는 문장으로 시작하진 않을 것이다. 내가 쓴 주례사를 보면서 딸은 잘난 척하는 말 좀 적지 말라고 잔소리를 하곤 했다. '나는 열일곱 살.' 딸이라면 그렇게 담백하게 시작했을지도 모르겠다. '나는 열일곱 살.' 그렇게 적은 다음 나는 수첩을 덮었다. 준형의 침대에 누워 베개 냄새를 맡아보았다. 잠깐 눈을 붙였다가 새벽이 되기 전에 일어났다. 계단이 삐거덕거려 조심스럽게 내려왔다. 작은방에서 큰형의 코 고는 소리가 들렸다. 형수님이 잠을 잘 수 있을지 걱정이 될 정도로 코 고는 소리가 대단했다. 그 덕분에 아무에게도 현관문 여는 소리를 들키지 않았다. 동네를 한참 걷다가 빈 택시가 지나가기에 잡아탔다.

4

터미널 화장실에서 세수를 했다. 수건이 없어서 주머니에 넣어둔 넥타이로 얼굴을 닦으니 노숙자가 된 기분이 들었다. 칫솔을 사려 했으나 매점이 아직 문을 열지 않았다. 수돗물로 입을 헹구었지만 텁텁함이 가시지 않아서 자판기에서 커피 한 잔을 뽑아 마셨다. 할머니가 커다란 박스를 실은 수레를 끌고 터미널로 들어왔다. "할머니, 매표소 문은 언제 열어요?" 나는 할머니에게 다가가 물었다. "열 때 열겠지. 설마 안 열겠어." 할머니가 가쁜 숨을 몰아쉬었다. "아이고, 다리야." 할머니가 의자에 앉으면서 주먹으로 허벅지를 두드렸다. 나는 할머니의 뒷자리에 앉았다. 잠시 후, 할머니가 머리를 꾸벅이며 졸았다. 그런 할머니의 뒤통수를 보니 나도 졸렸다. 셔터 올리는 소리에 눈을 떠보니 내 앞에 앉아 있던 할머니가 보이지 않았다. 군복을 입은 남자가 매표소에서 표를 사고 있었다. 나는 자리에서 일어나 그 뒤에 줄을 섰다. 매표소 직원이 어디 가느냐고 물었다. 집에 가려 했는데 나도 모르게 다른 말이 나왔다. "지금 바로 출발하는 거요." 그러자 직원이 횡성행 첫차가 5분 후에 출발한다며 그걸 끊어주었다. 나는 표를 한참 들여다보았다. 횡성에는 한 번도 가본 적이 없었다. 그래서 버스에 타면서 운전기사에게 횡성에는 뭐가 유명하냐고 물었다. "그야 고기죠." 뭘 그런 걸 묻느냐는 듯 귀찮아하는 말투였다. 버스에 타니 교복을 입은 남학생이 맨 앞자리에 앉아 있었다. 어느 학교에 다니기에 이렇게 일찍 버스를 타는지 궁금했다. 나는 뒤에서 두번째 자리에 앉았다. 잠깐 눈을 붙이려는데 이내 도착했다는 안내 방송이 나왔다. 너무 금방 도착해서 시외버스를 탔다는 기분이 들지 않았다. 교복을 입은 학생은 내리지 않았다. 내리는 사람이 많지 않은 걸로 봐서 종착역이 횡성은 아닌 모양이었다. 내가 내리고 난 뒤 서너 명의 사람들이 버스에 탔다.

횡성터미널에서 칫솔과 치약을 샀다. 그리고 터미널 화장실에서 이를 닦았다. 그동안 세 명의 사람들이 소변을 보고 나갔는데 아무도 손을 닦지 않았다. 나는 손을 닦는 걸 좋아했다. 회사 화장실 유리창에는 '손 씻기 6단계'라는 스티커가 붙어 있었는데, 나는 손을 닦을 때면 그걸 보고 그대로 했다. 그렇게 오래, 꼼꼼하게, 손을 닦으면 비장한 기분이 들곤 했다. 마치 수술실에 들어가기 직전의 의사처럼. 터미널 밖으로 나와 기지개를 켰다. 택시 한 대가 내 앞에 와서 섰다. 나는 고개를 가로저으며 타지 않는다는 표시를 했다. 길을 걷다 보니 교차로가 나왔다. 아직 출근 시간이 되지 않아서 그런 건지 원래 인구가 적어서 그런 건지 알 수 없지만 차들이 거의 없었다. 교통 안내판을 보니 횡성오거리라고 적혀 있었다. 일거리. 이거리. 삼거리. 사거리. 오거리. 육거리. 길을 걸으면서 나는 의미 없는 단어들을 나열해보았다. 칠거리. 팔거리. 구거리. 그런데 우리나라에 칠거리가 있을까? 생각해보니 칠거리부터는 본 적이 없는 것 같았다. 육거리는 언젠가 회사 동료들과 장례식장에 가던 길에 본 적이 있었다. 운전을 하던 직원이 육거리 시장이라는 푯말을 보고 자기는 그게 정육점들이 모여 있는 시장이라는 뜻인 줄 알았다고 해서 다른 사람들의 놀림을 받았다. 옷도 잘 입고 농담도 잘해서 여직원들 사이에 꽤 인기가 있던 친구였는데, 스무 살에 결혼을 해 아이가 둘이나 있는 유부남이었다는 사실이 나중에 밝혀졌다. 그 사실이 알려진 뒤 내부서에 있던 여직원이 구내식당에서 그 직원에게 식판을 집어던진 일이 있었다. 그날 음식은 짜장밥이었다. 나는 교차로 너머에 있는 공원을 향해 걸었다. 공원 중앙에 연못과 정자가 보였다. 나는 정자에 올라가 연못을 등지고 앉았다. 왼쪽으로 청동으로 만든 한우 동상이 보였다. 한 마리는 앉아 있고 두 마리는 서 있었다. 서 있는 소 중에 한 마리는 아직 뿔이 없는 걸로 봐서 새끼인 듯싶었다. 그야 고기죠, 하고 말하던 버스 기사의 말이 생각났다. 아주머니 한 분이 팔을 크게 휘저으면서 걸어갔다. 나는 아주머니의 모습을 흉내 내며 공원을 걸어보았다. 겨드랑이에서 땀이 났다. 걷다 보니 놀이터가 나왔다. 미끄럼틀을 한번 타보고 다시 걸었다. 운동기구가 보여서 허리 돌리기 운동을 했다. 회전판이 빡빡해서 잘 돌아가지 않았다. 역기 내리기 기구로 자리를 옮겼다. 열다섯 번. 10초를 쉬었다가 다시 열다섯 번. 10초 쉬었다가 다시 열다섯 번. 마흔다섯 번이나 역기를 들었다 내렸더니 팔이 떨렸다. 집에 돌아가면 운동을 해야겠다고 결심을 했다. 이참에 수영을 배워볼까, 하는 생각이 들었다. 음주 운전이나 도박으로 물의를 일으킨 연예인이 몇 년 후 살이 쪄서 복귀를 하면 그게 그렇게 보기 싫었다. 쉬는 동안 뭐 한 거야. 종일 잠만 잤나. 그런 생각이 들어 신뢰가 가지 않았다. 그렇다고 뚱뚱한 사람에게 편견이 있는 것은 아니었다. 뚱뚱한 개그맨들이 모여 종일 음식을 먹는 프로그램을 나는 좋아했다. 그걸 보다 같은 음식을 먹으러 간 적도 있을 정도였다. 딸에게도 살찌니까 그만 먹으라는 말을 한 번도 하지 않았다. 딸은 또래보다 키가 작고 또래보다 통통했다. 운동을 하고 나니 손바닥에서 쇠 냄새가 났다. 어릴 때 철봉 놀이를 하고 나면 꼭 이렇게 손바닥 냄새를 맡곤 했다. 공원을 한 바퀴 돌다 더덕 마스코트를 발견했다. 나는 그 앞에서 한참을 웃었다. 이름이 덕이와 향이였다. 남자인 덕이는 파란색 바지를 입고 있었고, 여자인 향이는 빨간 머리띠만 하고 있었다. 처음에는 바지를 입지 않은 모습이 웃겨서 웃었는데, 웃고 보니 더 덕이 바지를 입고 있다는 사실이 더 웃기다는 생각이 들었다. 공원을 나오기 전 다시 한 번 한우 동상을 보러 갔다. 소 등을 쓰다듬어보았다. 뿔도 만져보았다. 차가웠다.

터미널로 돌아와 표를 사려고 보니 내가 사는 도시로 가는 버스는 없었다. 춘천에 가면 표가 있을 듯싶어서 춘천 가는 버스표를 끊었다. 출발까지 15분 정도 남았다. 매점을 한 바퀴 둘러보다 바나나 우유를 샀다. 우유를 마시자마자 배가 사르르 아파오기 시작했다. 춘천에 도착하자마자 화장실로 뛰어갔다. 가까운 거리니까 참았지 아니면 중간에 내려달라고 할 뻔했다. 예전에 진짜로 그런 사람을 본 적이 있었다. 버스 기사가 10분만 더 가면 휴게소니 조금만 참으라고 해도 승객은 막무가내였다. "5분도 못 참을 것 같아요, 아저씨." 목소리가 떨리다 못해 우는 것처럼 들렸다. 기사가 차를 세우자 청년은 가드레일을 넘어 밭이 있는 쪽으로 뛰어갔다. 그때 그 청년은 어떻게 집으로 돌아갔을까? 갓길을 따라 휴게소까지 걸어갔을까? 아니면 마을로 갔을까? 변기에 앉아 있는데 밖에서 누군가 노크를 했다. 나는 사람이 있다는 표시로 헛기침을 했다. 휴지는 내가 쓸 만큼만 남아 있었다. 다음에 들어오는 누군가는 낭패를 볼 수 있을 거란 생각을 하자 웃음이 났다.

터미널 앞에 기사식당이 보였다. 기사식당을 보자 배가 고파졌다. 식당은 승무원이 앉을 수 있는 곳과 일반인이 앉을 수 있는 곳이 나뉘어져 있었다. 아침을 먹기엔 늦은 시간이고 점심을 먹기엔 이른 시간인데도 식당에는 사람들이 꽤 많았다. 나는 승무원 전용 좌석에 앉아 밥을 먹었다.

아무도 뭐라 하지 않았다. 오랜만에 무말랭이를 먹었다. 요즘에는 식당에서 이런 반찬을 만나기가 힘들었다. 호박고지나물 같은 것들. 그런 것들은 사라지고 콩나물이나 시금치무침만 흔해졌다. 누나에게 전화가 왔는데 받지 않았다. 잠시 후 문자메시지가 도착했다. 왜 말도 없이 갔어? 섭섭하게. 답장을 보내려다 말았다. 밥을 다 먹고 숭늉도 한 그릇을 먹었다.

터미널로 돌아와 이를 닦은 다음 아이스커피를 사서 텔레비전이 보이는 좌석에 앉았다. 채널은 YTN에 고정되어 있었다. 어느 나라에서는 산불이 났고, 어느 나라에서는 화산이 폭발했고, 어느 나라에서는 버스 테러가 일어났다. 사람들이 피를 흘리고, 도망가고, 눈물을 흘렸다. 나는 그 장면을 보면서 커피를 마셨다. 시럽을 넣을걸. 얼음이 녹으면서 커피 맛이 싱거워졌다. 터미널 텔레비전의 채널은 누가 선택하는 걸까? 문득 그게 궁금해졌다. 늘 같은 채널에 고정해놓은 것인지 아침마다 아무 채널이나 틀어놓는 건지. 내가 담당자라면 아침마다 그날의 채널을 정할 것이다.

옆자리에 앉은 아이가 다리를 흔들었다. 그 바람에 내가 앉은 자리까지 흔들렸다. "얘야, 그러지마." 내가 한마디 하자 아이가 입술을 내밀며 자리에서 일어났다. 어렸을 때 딸은 옷이라는 단어만 들으면 웃었다. 아내가 옷 입어라, 하고 말하면 간지럼을 타는 아이처럼 몸을 배배 꼬았다. 그 말이 왜 웃겨? 하고 물으니 아이가 옷걸이 같아서, 하고 대답했다. 딸의 말에 의하면 옷이란 단어가 옷걸이랑 똑같이 생겼다나. 옷걸이를 가만히 보니 정말 옷이란 단어를 닮은 것도 같았다. 그래도 그게 웃기지는 않았다. 오히려 팔을 벌리고 있는 사람을 상상해보는 게 더 웃겼다. 나는 수첩을 꺼냈다. '나는 열일곱 살.' 그 문장 아래에 이렇게 적었다. '나는 옷이라는 말만 들으면 웃음이 났다.' 그 옆에 괄호를 치고는 이렇게 문장을 바꾸어보았다. '나는 웃고 싶으면 옷이라는 단어를 떠올리곤 했다.' 딸은 받아쓰기를 잘했다. 그런데도 수수께끼란 단어는 매번 수수깨끼라고 틀리게 적었다. 아기였을 때 딸은 같은 단어를 두 번씩 반복해서 말을 하곤 했다. 아빠, 과자 과자 사

주세요. 물 물 주세요. 아내는 지능이 모자란 아이처럼 보인다고 싫어했지만 나는 아니었다. 딸이 그렇게 말하면 과자 한 봉지를 사려다가도 두 봉지를 사게 되었다. 누나에게 또 전화가 왔다. 나는 전화벨이 끊기길 기다렸다가 메시지를 보냈다. 집에 잘 도착했어요. 걱정 말아요. 뉴스가 보기 싫어 다른 텔레비전이 있는 자리로 옮겼다. 드라마가 방영되고 있었다. 처음 보는 드라마인데도 무슨 내용인지 금방 짐작이 갔다. 결국 주인공은 친부모를 찾겠지. 자신이 사랑한 사람이 부모님의 원수라는 것도 알게 되겠지. 우산을 들고 있는 사람들이 눈에 띄었다. 밖에 나가보니 비가 내리고 있었다. 흡연 구역도 아닌데 청년 둘이서 담배를 피우고 있었다. 담배를 끊으면 담배 냄새를 맡는 것도 싫다는데 나는 그렇지 않았다. 나는 숨을 크게 들이쉬었다. 담배를 끊으면 아내가 보너스로 100만 원을 준다고 했는데 막상 담배를 끊으니 돈을 주지 않았다. "정말로 끊을 줄 몰랐거든. 안 그러면 10만 원 내기했지." 그러면서 아내는 10만 원을 보너스로 주었다. 후진을 하던 버스가 정차하고 있던 버스의 범퍼를 긁었다. 접촉 사고를 낸 기사가 긁힌 부분을 한참 들여다보다가 어딘가로 전화를 했다. 번쩍. 번개가 쳤다. 비 구경을 하고 있자니 버스를 타고 먼 곳으로 가고 싶다는 생각이 들었다. 차창에 맺히는 빗줄기. 그걸 보며 하염없이 지루한 시간을 보내고 싶었다.

경주까지 네 시간 50분이 걸렸다. 휴게소에서 내리지 않고 계속 버스에 앉아 있었더니 터미널에 도착하자마자 요의가 느껴졌다. 오늘 한 일이라곤 터미널 화장실에서 똥오줌을 싼 것밖에 없다는 생각을 하자 내가 한심하게 느껴졌다. 경주는 여러 번 왔지만 버스 터미널은 처음 와보았다. 기차를 타고 두 번 왔고 자가용을 몰고 한 번 왔다. 벚꽃 구경을 왔다가 사흘 내내 비가 왔었는데. 택시 정류장에는 택시가 한 대도 없었다. 택시가 없자 오히려 다행이라는 생각이 들었다. 택시 정류장에 서서 사방을 둘러보았다. 모텔. 모텔. 모텔. 보이는 건물이라곤 숙소밖에 없었다. 왼쪽에 기와지붕이 보여서 그쪽으로 걸어갔다. 가까이 가보니 보호각 안에 석불이 모셔져 있었다. 석불은 얼굴이 없었다. 마치 누군가 일부러 얼굴을 망치로 내려친 듯. 눈 코 입이 사라진 불상을 보니 그제야 내가 경주에 왔다는 실감이 났다. 나는 비행기를 타는 것을 그다지 좋아하지 않았지만 이탈리아의 폼페이라는 곳은 꼭 가보고 싶었다. 홈쇼핑 채널을 보다 이탈리아 여행 상품을 즉흥적으로 결제한 적도 있었다. 내가 폼페이를 알게 된 것은 어느 잡지에서 본 사진 때문이었다. 서로를 끌어안은 채 죽은 연인. 왕진 가방을 들고 길을 가다 죽은 의사. 손등으로 코를 막은 채 쪼그려 앉은 남자. 폼페이만 생각하면 나는 저절로 몸이 웅크려졌다. 화산재에 파묻히는 순간 나는 어떤 자세로 죽게 될까? 두 손으로 얼굴을 감쌀까? 몸을 새우처럼 동그랗게 말까? 아내는 그런 상상을 하는 나를 비웃곤 했다. 그리고 만약 유럽을 가게 되더라도 폼페이만은 절대 안 갈 거라고 말했다. "죽어가는 내 얼굴이 구경거리가 된다고 생각해봐. 끔찍하지 않아?" 옆에서 우리 이야기를 듣던 딸이 뭘 그런 걸로 티격태격을 하느냐며 한심해했다. "아빠는 구경을 하고 엄마는 입구에서 쇼핑만 해. 그러면 되잖아?" 결제를 한 김에 나는 연차 휴가를 당겨서 간신히 열흘의 날짜를 만들었다. 여행을 위해 트렁크도 새로 샀다. 모녀가 커플 캔버스화도 사서 신었다. 그때 초등학교 6학년이었던 딸은 아내보다 발 사이즈가 컸다. 발이 커서 언젠가는 키도 클 것이라며 우리 부부는 키가 작은 딸을 위로하곤 했다. 하지만 키는 크지 않았다. 여행 이틀 전, 아내가 욕실에서 넘어지면서 발이 부러지는 사고를 당했다. 그렇게 우리 가족의 첫 해외여행은 끝났다. 다음 여름휴가에 가기로 약속했는데 회사 일이 바빠서 가지 못했다. 몇 년의 개발 끝에 1회용 싱크대 거름망을 출시한 해였고, 나는 승진을 했다.

석불을 보고 다시 터미널로 돌아왔다. 사람들이 텔레비전 앞에 모여 있었다. 무슨 일인가 궁금해서 가보니 축구 시합을 구경하고 있었다. 글씨가 작아서 점수가 보이지 않았다. "몇 대 몇이에요?" 옆에 있는 아저씨에게 물으니 2 대 0이라고 했다. "아, 우리가 지고 있어요." 아저씨는 묻지도

않았는데 전반전 상황을 설명해주었다. 시작하자
마자 우리 수비수 몸에 맞고 한 골이 들어갔고 전
반전 끝나기 전에 페널티킥으로 또 한 점을 주었
다고. "동서울 버스 출발합니다." 승차장 입구에
서 직원이 소리쳤다. 내게 경기를 설명해주었던
아저씨가 자리에서 일어나며 말했다. "어차피 졌
어." 나에게 한 말인지 아니면 혼잣말인지 알 수
없어서 나는 고개를 끄덕였다. 후반전 시작하자
마자 한 골을 더 먹었다. 대부분의 사람들이 자리
를 떴다. 선글라스를 낀 할아버지가 내 옆에 앉더
니 5천 원만 달라고 했다. 입고 있는 옷이 깔끔해
서 구걸하는 사람처럼 보이지 않았다. "5천 원 없
으면 천 원이라도. 지갑을 잃어버렸거든." 나는
할아버지가 거짓말을 한다는 걸 알았지만 돈을
주었다. 잔돈이 없어서 할 수 없이 만 원을 주었
다. "이거면 댁에 갈 수 있어요?" 할아버지가 그렇
다고 했다. 하지만 할아버지는 돈을 받고도 자리
에서 일어나지 않았다. 우리는 나란히 앉아서 축
구 시합을 보았다. 마지막에 대한민국이 한 골을
넣어서 3 대 1로 경기가 끝났다. "에이, 집에나 가야지." 할아버지가 나를 의식한 듯 부러 큰 소리로 말했다. 나는 할아버지가 민망해하지 않도록 잠시 더 앉아 있다가 자리에서 일어났다. 석불 맞은편에 있던 모텔로 걸어가다 할아버지가 해장국집으로 들어가는 것을 보았다. 소주도 사 드시겠지. 5천 원이었다면 소주를 시키지는 못했을 것이다.

첫 번째 들어간 모텔은 방이 없다고 했다. 모텔 로비에 내부 사진이 전시되어 있었는데 웬만한 호텔보다 나아 보였다. 그래서 인기가 있나 보다. 나는 밖으로 나와 옆에 있는 모텔로 들어갔다. 방을 달라고 하니 모텔 주인이 4만 원이라고 말했다. 카드 결제를 하자마자 휴대폰에서 진동음이 들렸다. 주인이 302호가 적힌 키를 주었다. 나는 엘리베이터를 타지 않고 계단으로 올라갔다. 2층과 3층 계단 사이에 붙어 있는 비상구 안내판이 어딘가 이상했다. 자세히 봤더니 화살표가 계단 아래로 향하지 않고 반대쪽으로 되어 있었다. 화살표를 따라 3층으로 올라갔다. 3층과 4층 계단 사이의 비상구 안내판도 화살표가 위쪽으로 되어 있었다. 나는 한 층 더 올라가보았다. 4층이 끝이었다. 옥상이나 밖으로 나가는 비상문이 있나 싶어서 복도 끝까지 가보았는데 나가는 문이 없었다. 나는 다시 3층으로 내려왔다. 치킨 배달원이 301호 문 앞에 서 있었다. 키를 302호 문에 꽂는 순간 301호에서 문이 열렸다. "저기요." 내 말에 배달원과 301호 남자가 동시에 나를 쳐다보았다. "여기도 한 마리요. 양념으로." 내가 말했다. 방에 들어와 양복 주머니에 있는 물건들을 꺼내 화장대에 올려놓았다. 수첩, 볼펜, 핸드폰, 지갑, 그리고 치약과 칫솔. 양복 윗도리를 벗어 옷걸이에 걸다가 맥주를 시키지 않았다는 게 생각나 얼른 복도로 달려 나갔다. 다행히 배달원이 엘리베이터 앞에 서 있었다. "저기요, 맥주요. 맥주도요." 내 말이 복도에 울렸다. 배달원이 오케이 사인을 보냈다.

침대 시트와 수건에 모텔 이름이 새겨져 있었다. 화장실에 들어가 손을 닦았다. 칫솔이 필요하신 분은 로비에서 받아 가세요. 화장실 거울에 안내문이 붙어 있었다. 탁자에 전기포트와 여러 종

류의 차가 있었다. 화장실 세면대에서 수돗물을 받아 물을 끓였다. 우롱차 티백을 골랐다. 컵에 손잡이가 없어서 차가 식을 때까지 기다려야 했는데, 그사이 치킨이 배달되었다. 카드 결제를 하니 휴대폰에서 진동음이 들렸다. 나는 휴대폰을 확인하지 않았다. 양념치킨을 보자 프라이드로 시킬 걸 그랬다는 생각이 들었다. 양념치킨은 맨손으로 먹기가 번거로웠다. 치킨 가게에 가면 꼭 포크를 두 개씩 주었다. 어느 집이나 그랬다. 나는 포크로 치킨을 먹는 게 싫었다. 왠지 맛이 없어지는 것 같았다. 포크는 무를 먹을 때만 사용했다. 아내는 무도 손으로 먹었다. 딸은 포크 두 개로 치킨을 발라 먹었다. 무는 먹지 않았다. 나는 왼손으로 치킨을 먹고 오른손으로 맥주를 따라 마셨다. 무는 오른손으로 집어 먹었다. 치킨을 반 마리도 먹지 못하고 남겼다. 배가 불렀지만 맥주가 남아서 무를 안주 삼아 남은 맥주를 마셨다. 그리고 샤워를 하고 양말과 러닝셔츠와 팬티를 빨아 널었다. 알몸으로 움직였더니 금방 한기가 느껴졌다. 에취. 에취. 재채기가 났다. 얼른 이불

속으로 들어갔다. 불을 꺼야 하는데. 그런 생각
이 들었지만 이불 밖으로 나가기가 귀찮았다. 어
디선가 전화벨이 계속 울렸다. 그제 먹던 된장찌
개는 상했을 것이다. 냉장고에 넣고 온다는 걸 깜
빡했다. 이틀이나 지났으니 곰팡이가 피었을지도
모르겠다. 집을 나오기 전에 마지막으로 오줌을
누었는데 그러고 물을 내렸는지 내리지 않았는지
기억이 가물가물했다. 손은 꼭 닦으면서 변기 물
내리는 것은 자주 잊었다. 내가 화장실에 들어가
는 것만 봐도 아내와 딸은 물 내려, 하고 소리쳤
다. 불빛이 너무 환해서 눈이 부셨다. 불이 꺼졌
으면. 오른손으로 천장을 향해 총을 쏘는 시늉을
했다. 그러자 갑자기 형광등이 깜빡깜빡하고 꺼
졌다 켜졌다를 반복했다. 나는 눈을 감았다. 잠시
후에 형광등이 꺼졌다. 자면서 나는 꿈을 꾸었다.
모래사장을 맨발로 걷는 꿈이었다. 모래는 부드
럽고 따뜻했다. 발바닥이 간지러웠다.

눈을 뜨니 열한 시가 넘어 있었다. 이렇게 오래
잔 게 신기해 나는 몇 번이나 시계를 보았다. 목
이 말라 냉장고를 열어보니 비타민 음료만 한 병

들어 있었다. 그걸 마셔도 갈증이 가시지 않았다. 어제 마시다 만 우롱차를 마저 마셨다. 빨아놓은 속옷을 만져보니 축축했다. 전화가 울려 받아보니 모텔 주인이 퇴실 시간이 지났다고 알려주었다. "하룻밤 더 연장할게요. 그리고 여기 형광등이 나갔어요." 전화를 끊고 잠시 후 누군가 문을 두드렸다. 누구냐고 물었더니 형광등을 교체하러 왔다고 대답했다. 나는 급히 양복바지를 입었다. 와이셔츠까지 입으려다 귀찮아서 관두었다. 방 형광등은 네 개가 한 세트인데 주인은 두 개만 들고 왔다. "창고를 뒤졌는데 두 개밖에 없어서요. 나머지 두 개는 오후에 교체해드릴게요." 나는 괜찮다고 말했다. 주인을 만난 김에 현금으로 오늘 방값을 계산했다. 배가 고파 어제 먹던 치킨을 먹었다. 목이 메어 녹차를 마셨다. 차가운 치킨에 따뜻한 녹차. 의외로 괜찮은 조합이었다. 목이 메어 목을 매다. 그런 문장이 떠올랐다.

302호는 세상에서 가장 잠이 잘 오는 방이었다. 그렇게 푹 잤는데도 침대에 눕자마자 다시 잠이 들었다. 이 녀석이 잠 귀신이 붙었나. 그만 자라. 누군가 나를 흔들어 깨워주었으면 좋겠다는 생각이 들었다. 둘째 형이 사라지기 전에 우리 집에 찾아온 적이 있었다. 출소를 한 뒤 둘째 형은 방에 틀어박혀 나오질 않았다. 그렇게 몇 달이 지나자 아버지는 마지막 남은 텃밭이라도 팔아 시내에 치킨집이라도 차려주자고 했다. 큰형은 땅을 팔면 자기는 집을 나가겠다며 소리를 쳤다. 장남 역할도 하지 않겠다고 했다. 누나는 둘째 형에게 장사할 생각 말고 얌전히 농사나 지으라고 말했다. "해가 중천에 뜰 때 일어나는 녀석이 퍽이나 장사를 하겠어." 누나가 빈정대며 말했다. "다들 관둬요." 둘째 형이 자리에서 일어나 마당으로 나갔다. 수돗가로 가더니 대야에 받아놓은 물을 번쩍 들어 머리 위로 쏟았다. "내 일은 내가 알아서 해요. 그러니 그만해요." 둘째 형이 말했다. 큰형도 누나도 더 이상 아무 말도 하지 못했다. 둘째 형이 가출을 한 것은 그다음 날이었다. '내년 설에 올게요.' 베개 위에 그렇게 적은 쪽지만 놓여 있었다. 그리고 정말로 둘째 형은 그다

음 해 설날 돌아왔다. 어디서 뭘 했느냐는 질문
에 둘째 형은 아무 대답도 하지 않았다. "걱정 말
아요. 밥은 안 굶어요." 그 말만 했다. 설거지를 하
는 어머니의 어깨를 주무르며 고생하셨어요, 하
는 말을 해서 어머니를 울리기도 했다. 둘째 형
은 그런 다정한 말을 하는 사람이 아니었다. 다음
날 둘째 형은 또 말없이 사라졌다. 베개에는 현금
이 들어 있는 편지봉투만 놓여 있었다. 그렇게 10
여 년. 둘째 형은 1년에 하루만 집으로 돌아왔다.
가족들 중 누구도 둘째 형이 뭘 하는지 알지 못했
다. 큰형은 원양어선을 타는 게 아니겠냐며 추측
을 했다.

그러던 둘째 형이 어느 날 회사 앞으로 나를 찾
아왔다. 살이 빠지고 수염을 길러서 처음에는 형
을 알아보지 못했다. 형을 보자 나는 돈을 빌리러
왔을 거라고 추측을 했다. 뭐라고 핑계를 대야 하
나. 그런 생각을 하고 있는데 형이 내 손을 잡고
는 간절한 목소리로 말했다. "며칠 신세 좀 지자.
큰형하고 누나한테는 말하지 말고." 둘째 형은 우
리 집에서 사흘을 보냈다. 이틀은 잠만 잤다. 어

린이집에 다니던 딸이 방문에 귀를 대고는 말했다. "이 방에 잠 귀신이 있나봐." 우리 집에 온 날 형은 아내에게 자기를 위해 따로 밥을 차리지 말라고 신신당부를 했다. 그냥 없는 사람이라고 생각하고 지내라고. 그러더니 형은 화장실을 갈 때를 빼고는 방에서 나오지 않았다. 퇴근을 해서 내가 방문을 두드리면 나 잔다, 하는 말만 들렸다. 그러다 사흘째 되는 날 형이 내게 술을 한잔하자고 했다. 우리는 집 앞에 있는 술집에서 곱창전골을 먹었다. 소주 한 병을 비우는 동안 형은 아무 말도 하지 않았다. "여기 소주 한 병 더요." 두 번째 병뚜껑을 따면서 형이 말했다. "너랑 단둘이 처음 마셔보네." 나는 술뿐이 아니라 단둘이 밥을 먹어본 적도 없다는 이야기를 했다. "그랬어?" 형이 고개를 갸웃거렸다. "그랬다면 미안해. 사과할게." 나는 형의 잔에 소주를 따랐다. 그날 술을 마시면서 형은 감옥에서 만났던 어떤 아저씨의 이야기를 해주었다. "아는 게 많아서 이 박사라고 부르던 아저씨였는데 사기꾼에 속아 전 재산을 날린 뒤 죽으려고 수면제를 먹었대. 눈을 떠보

니 병원 응급실. 그것도 사흘이나 지난 다음이었
어. 아저씨는 수액 주사를 놔주던 간호사를 보자
마자 죽으려 했던 일을 바로 후회했대. 간호사가
꿈에 그리던 이상형이었거든." 형은 이 박사 아
저씨가 그 후 간호사의 마음을 잡기 위해 얼마나
노력을 했는지, 처가의 반대를 어떻게 이겨냈는
지를 이야기해주었다. 연년생인 두 아들을 두었
고, 결혼 7년 만에 방 두 개짜리 연립을 샀고, 결
혼 10주년 기념으로 일본 온천 여행도 다녀왔다
고. "그러다 말이야, 우연히 그 사기꾼을 본 거야.
버스 안에서. 그 아저씨가 그러더라고. 그냥 멱살
을 잡고 소리만 지르려 했다고. 죽을 줄은 몰랐다
고. 참 재수도 없지?" 망만 봤다니까요, 하고 소리
치던 형의 모습이 생각났다. "그런데 요즘은 다른
생각이 들더라고. 그 아저씨는 정말 재수가 없던
걸까?" 나는 형에게 재수가 없던 거라고 말해주
었다. 단순하게 생각하라고. 그냥 재수가 없었을
뿐이라고. 집으로 돌아오는 길에 형이 달을 보더
니 내게 물었다. "초생달이 맞는 말이니 초승달이
맞는 말이니?" 나는 초승달이 맞는 말이라고 알

려주었다. "초라해." 형이 중얼거렸다. "초라해서
못 살겠다." 나는 형의 말을 못 들은 척했다. 다음
날 일어나 보니 형은 사라지고 없었다. 식탁 위에
아내에게 남긴 쪽지가 놓여 있었다. '제수씨, 귀
찮았죠? 잘 자고 갑니다.' 며칠 뒤 나는 딸에게 이
런 이야기를 들었다. "아빠, 잠 귀신 삼촌은 아들
이 있대." 내가 무슨 말이냐고 물었더니 둘째 형
이 딸에게 아기 사진을 보여주면서 말했다고 한
다. 사촌 동생이라고. "언제?" 아내가 추궁을 했
다. "엄마가 잠깐 마트에 간다고 나갔을 때 그때.
삼촌이 화장실 갔다 오면서 보여줬어." 딸이 말했
다. "그리고 또 뭐라고 했어?" 내가 묻자 딸이 말
했다. "응, 쪽팔리게 살면 안 된다고. 내 머리를 쓰
다듬으면서 말했어. 그런데 쪽팔린 게 뭐야?" 그
이야기를 듣는 순간 다시는 둘째 형을 만나지 못
하리라는 예감이 들었다. 그리고 정말로 둘째 형
은 더 이상 설날 가족들을 찾아오지 않았다. 쪽
팔린 게 뭐야? 그렇게 묻던 딸은 중학생 때 쪽팔
려, 라는 말을 입에 달고 살았다. 딸은 모든 것이
쪽팔렸다. 지 엄마가 화장을 안 하고 밖에 나가는

것도 쪽팔리고, 내가 대머리가 되어가는 것도 쪽
팔리고, 아무리 공부를 해도 성적이 늘지 않는 것
도 쪽팔렸다. 그리고 무엇보다도 못생긴 게 가장
쪽팔린 일이라고 딸은 말했다.

복도에서 웅성거리는 소리가 들렸다. 우리는 4
호다. 너네는? 응, 우린 1호. 철호네 부부는 3호
네. 대화를 듣다 보니 세 명의 친구들이 부부동반
으로 놀러 온 듯했다. 나는 침대에 누워 기지개
를 켰다. 러닝셔츠와 팬티를 만져보니 얼추 말랐
다. 양말은 목 부분이 덜 마른 것 같아서 맨발에
구두를 신었다. 편의점에 가서 맥주를 샀다. 안주
로 뭐가 적당할까 싶어 편의점을 둘러보았다. 그
러다 도라에몽 암기빵이라는 빵을 발견했다. 반
가워서 두 개나 집었다. 편의점 도시락을 집었다
가 내려놓고, 육개장 사발면하고 삼각김밥 하나
를 골랐다. 비닐봉지를 들고 동네를 한 바퀴 걸
었다. 관광지가 있는 방향으로는 가고 싶지 않았
다. 무덤을, 거대한 무덤을, 보고 싶지 않았다. 걷
다 보니 구둣방이 보여 구두를 닦았다. 구두 닦는

아저씨한테 30분 후에 온다고 하고 슬리퍼를 빌렸다. 맨발로 슬리퍼를 신고 어제 보았던 석불을 보러 갔다. 연인들이 구경을 하고 있었다. "뭐야? 얼굴이 없네?" 남자가 말했다. "응, 무섭다." 여자가 말했다. "그러네." 남자가 대답했다. 내 눈에는 하나도 무서워 보이지 않아서 그걸 무섭다고 말하는 연인들이 신기했다. 어제는 아무 느낌이 없었는데 오늘 다시 보니 쓸쓸한 느낌이 들었다. 연인들이 떠나고 나는 한참을 더 석불 앞에 서 있었다. 쓸쓸하다, 라는 단어보다는 적막하다, 라는 단어가 더 정확하다는 생각이 들었다. 딸은 뭐라고 했을까? 아내는 아마도 외롭다고 말했을 것이다. 아내는 쓸쓸한 풍경을 보면 외롭다고 표현했다. 노을이 외롭네. 빗방울이 외롭네. 딸은 용돈을 받고 싶으면 아내의 말투를 흉내 내서 이렇게 말하곤 했다. "지갑이 외롭네." 그러면 나도 따라서 말했다. "내 지갑도 외롭네." 그러면 아내는 우리 지갑에 만 원씩 채워주곤 했다. 나는 석불이 외롭네, 하고 중얼거려보았다. 구겨진 양복에 슬리퍼를 신은 사내가 석불에게 말을 거는 모습을 누군가 봤다면 틀림없이 미친놈이라고 생각했을 것이다. 그러거나 말거나. 누가 나를 알아본다고 그런 걱정을 하나 싶었다. 그래서 이번에는 큰 소리로 말해보았다. "석불이 외롭네." 그때 석불이 웃었다. 잠깐이지만 내 눈엔 그렇게 보였다. 입꼬리를 살짝 올렸다 내리는 걸. 정말 미쳤나 보다. 나는 고개를 절레절레 흔들며 터미널을 향해 걸었다. 버스를 탈 것도 아니면서 버스 운행 시간표를 한참이나 올려다보았다. 서울. 경기도. 전라도. 충청도. 강원도. 가는 곳도 참 많았다. 군산. 광양. 당진. 충주. 안 가본 동네도 참 많았다. 어제 나한테 만 원을 받아 간 할아버지가 보였다. 또 누군가에게 거짓말로 돈을 받아 가겠지. 지갑을 잃어버렸다는 말을 믿어줄 사람이 어디 있다고. 예전에 고향 터미널에 이런 표어가 걸려 있었다. 본 역사는 구걸이 금지되어 있으니 동정하지 맙시다. 태어나서 본 표어 중에서 가장 우스꽝스러운 문구였다. 구두를 찾으러 가는 길에 소방차 두 대와 구급차 한 대가 사이렌 소리를 내며 지나가는 것을 보았다. 모두 무사하길. 나는 기도를 했다.

도라에몽 암기빵에는 구구단이 새겨져 있었다. 그런데 숫자가 거꾸로였다. 불량품인가? 슈크림이 들어 있어서 맥주 안주로 나쁘지 않았다. 딸은 어렸을 때 슈크림빵을 콧물 들어간 빵이라고 부르곤 했다. 수첩을 꺼내 어제 썼던 문장을 읽어보았다. '나는 한 번에 뜀틀을 넘어본 적이 없었다.' '내 소원은 뜀틀을 넘는 것이었다.' '내 소원은 뜀틀 위를 날아보는 것이었다.' '뜀틀 앞에만 서면 나는 가슴이 두근거렸다.' 생각나는 대로 문장을 적었다. 딸은 뜀틀 운동을 잘했을까? 딸이 다니던 학교 체육복은 파란색 바지에 흰색 티셔츠였다. 나는 파란색 바지를 입은 딸이 뜀틀을 단번에 넘는 장면을 상상해보았다. 두 다리와 두 팔을 활짝 펼치고. '나는 다섯 살 때 자전거를 타다 넘어져서 머리가 찢어졌다.' '나는 한 달에 다래끼가 일곱 번이나 난 적이 있었다.' 다래끼가 날 때마다 딸은 안대를 차고 학교에 갔다. 애꾸눈. 친구들이 한동안 딸을 그렇게 불렀다. 딸은 다래끼가 옮는 병이 아니라는 의사 선생님의 말을 녹음해서 반 아이들에게 들려주었다. 딸의 단짝 친구 둘도 다래끼가 나자 그런 오해가 생긴 것이었다. 오해는 풀렸고, 반 아이들이 다래끼가 난 세 명을 묶어서 '다래끼리'라는 별명으로 불렀다. "애꾸눈보단 낫지?" 딸은 다래끼리라는 별명을 좋아했다. 맥주를 다 마신 다음 사발면을 끓여 먹었다. 남은 국물에 삼각김밥을 부수어 넣었다. 숟가락이 없어서 티스푼으로 떠먹었다. 팬티와 러닝셔츠만 입은 채 침대에 누웠다. 천장을 멍하니 쳐다보다 도라에몽 빵에 왜 글씨가 거꾸로 새겨졌는지 알아차렸다. 이런 바보. 형광등을 향해 총을 쏘는 시늉을 해보았다. 꺼져라. 당연히 불은 꺼지지 않았다.

5

통영으로 가는 표를 끊었다. 40분 후에 출발이
었다. 그저께 돈을 받아 간 할아버지가 다가와 지
갑을 잃어버렸다고 말했다. "저예요. 제가 만 원
드렸잖아요." 할아버지가 기억나지 않는다고 발
뺌할 줄 알았는데 순순히 인정을 했다. "그 돈으
로 술 마셨어. 오늘은 집에 갈게. 또 줘." 하도 뻔
뻔해서 화도 나지 않았다. 아니, 오히려 귀엽다
는 생각마저 들었다. 나는 돈은 줄 수 없다고 했
다. "두 번 속으면 속는 사람이 바보가 되는 거거
든요." 그리고 할아버지에게 충고를 했다. 웬만하
면 지갑을 잃어버렸다는 거짓말은 하지 말고 다

른 거짓말을 생각해보라고. 허허. 할아버지가 웃으면서 자리에서 일어났다. 한참 후, 할아버지가 요구르트 두 병을 들고 왔다. 빨대를 꽂아 내게 건넸다. "마셔." 내가 사양하니까 약은 안 탔으니 마셔, 하고 다시 권했다. 그러면서 할아버지는 내게 그럴싸한 말을 만들어달라고 했다. 듣기만 해도 눈물이 나서 지갑을 열 수 있게끔. 할아버지는 머릿속에 총알 파편이 들어 있어서 자기는 생각을 할 수 없다고 했다. 조금만 생각을 해도 두통이 온다고 했다. "버스가 왔네요." 나는 들고 있던 요구르트를 의자에 내려놓고 승차장으로 걸어갔다. 버스는 통영에 도착하기 전에 거제에 들렀다. "거제 내리세요." 기사의 말에 나도 모르게 벌떡 자리에서 일어났다. "손님은 통영 간다면서요?" 버스에서 내리려는 나를 기사가 붙잡았다. "어디나 상관없어요." 나는 버스에서 내렸다. 터미널은 바닷가 바로 앞에 있었다. 항구를 오른쪽에 끼고 길을 걸었다. 거제항인 줄 알았는데 고현항이라는 표지판이 보였다. 멀리 크레인이 보였다. 길이 끝나는 곳까지 걸어갔다가 방파제에 앉아 바다를 구경했다.

바다를 처음 본 것은 고등학교 2학년 때였다. 설악산으로 수학여행을 갔었다. 흔들바위를 떨어뜨려보자며 반 아이들이 모두 모여 바위를 밀었다. 담임 선생님이 버스 주차장에 우리를 일렬로 세워놓고 엎드려뻗치라고 했다. 벌로 팔굽혀펴기를 하는 동안 수학여행을 온 여학생들이 우릴 보고 웃었다. 만우절에 설악산 흔들바위가 떨어졌다는 거짓 기사를 작성해 회사 게시판에 올린 적이 있었다. 어느 체대에서 수련회를 갔는데, 레슬링부와 유도부가 힘자랑을 하다 흔들바위 떨어뜨리기 내기를 했다는 기사였다. 레슬링 부원 열여덟 명이 바위를 흔들자 그만 바위가 아래로 굴러 떨어졌다는 기사를 읽고 인터넷 검색을 해보았다는 직원들이 꽤 많았다. 홍보팀은 만우절이면 그런 식으로 거짓 기사를 작성해 게시판에 올렸다. 그 일을 담당하는 사람은 홍보팀의 막내였다. 만우절이 다가오면 우리는 막내에게 무언의 압력을 주었다. 한 사람도 의심하는 사람 없이 잘 속일 것! 그게 우리 팀만의 신입 신고식이었다. 올해를 끝으로 홍보팀은 마케팅팀에 흡수될 것이다. 아내와 연애를 할 적에 밤 기차를 타고 강릉에 간 적이 있었다. 통일호였나? 무궁화호였나? 거의 열 시간은 걸렸다. 그때 아내는 수다쟁이였다. 종알종알. 아내의 입 모양만 보아도 그 단어가 저절로 생각날 정도였다. 기차에서 아내는 장모님 흉을 보았다. 장모님은 아내가 나와 교제하는 것을 싫어했다. 장모님은 요리도 못하고, 청소도 못하고, 씀씀이도 컸다. "특히 머리 땋는 일이 젬병이야." 아내가 말했다. 젬병이야, 라는 말을 하는 여자를 처음 보아서 나는 깜짝 놀랐다. 머리를 땋지 못하는 엄마 때문에 어린 시절 아내는 늘 단발머리를 하고 다녔다. 아내는 딸의 머리를 양 갈래로 땋는 걸 좋아했다. 디스코머리를 해주는 것도 좋아했다. 나는 딸이 리본이 달린 머리띠를 하는 걸 싫어했는데, 그것만 보면 미키마우스의 여자 친구인 미니마우스가 연상되었기 때문이었다. 미니마우스. 이름도 마음에 안 들었다. 리본 머리띠를 사주는 대신 나는 포클레인이나 비행기나 기차 같은 장난감을 사주었다. 바퀴 달린 것들. 사내애

들이나 가지고 노는 장난감이라며 아내가 싫어했다. 장난감이라면 바퀴가 달려야 하는 법이라고 나는 아내에게 말했다. 딸이 죽은 후, 나는 딸의 컴퓨터에서 나들목이라는 폴더를 발견했다. 클릭을 해보니 교차로 사진들이 잔뜩 들어 있었다. 공중에서 찍은 사진. 옆에서 찍은 사진. 아래에서 찍은 사진. 세계에서 가장 복잡한 나들목이라는 설명이 붙은 사진도 있었다. 도로가 모두 몇 개인지 세어보았다. 스물인가 스물한 개인가. 도로들이 겹쳐져 세기 힘들었다. 하나같이 미래 도시가 배경인 영화에서 본 듯한 도로들이었다. 도대체 어느 나라에 이런 도로들이 있을까? 딸은 왜 이런 사진들을 모아두었을까? 추 대리는 파티션 벽에 뇌 사진을 붙여놓았다. "마음이 복잡할 때마다 이걸 보면 위로가 돼요. 이렇게 복잡한 미로 속에서 길을 잃지 않고 사는 게 용하다는 생각이 들거든요." 추 대리는 뇌 사진을 의아하게 보는 직원들에게 그렇게 말하곤 했다. 딸도 그런 마음이었을까? 잘 모르겠다. 편의점에 들러 등심 돈가스 도시락을 사 먹었다. 스파게티가 곁들여져 있었는데 돈가스를 먼저 먹고 남은 소스에 버무려 먹었다. 커피를 한 잔 사 먹고, 화장실에 가서 이를 닦고, 매표소로 가서 통영 가는 표를 끊었다.

통영 시내에 들어서자마자 차가 막혔다. 같은 자리에 20분도 넘게 서 있었다. 나는 킥보드를 타고 보도를 지나가는 아이를 보았다. 잠시 후, 다른 아이가 킥보드를 타고 지나갔다. 둘은 친구일까? 형제일까? 키가 비슷했던 것 같기도 하고, 뒤에 오던 아이가 더 작았던 것 같기도 했다. 터미널 입구로 들어서면서 버스 기사가 경적을 울렸다. 귀가 울릴 정도로 요란한 소리였다. 갑자기 피곤해졌다. 그래서인지 버스에서 내리자 아무 곳도 가고 싶은 생각이 들지 않았다. 나는 터미널 의자에 앉아 멍하니 텔레비전을 보았다. 텔레비전 채널은 KBS에 고정되어 있었다. 「인간극장」 재방송을 보고, 뉴스를 보고, 「6시 내고향」을 보았다. 그리고 일곱 시 20분에 출발하는 김해 가는 표를 끊었다. 김해 터미널에서 우동을 사 먹고, 화장실에서 똥을 누었다. 지은 지 얼마 안 된 건물인지 지금까지 갔던 터미널 중에서 가장 쾌

적했다. 커피숍에 들어가 문 닫을 때까지 앉아 있
다, 서울 가는 심야버스를 타는 사람들을 구경하
다, 서울에서 막차를 타고 돌아오는 사람들을 구
경하다, 새벽이 되어서야 터미널 의자에 누워 잠
을 청했다. 에스컬레이터 아래에 있는 의자는 지
나가는 사람들 눈에 잘 띄지 않았다. 거기에서 잠
을 자는 사람은 나 말고도 두 명이 더 있었다.

　김해 터미널에서 사흘을 더 지냈다. 휴대폰이
방전되었는데 충전하지 않았다. 김해에서 군산
에 갔다가, 군산에서 부여에 갔다가, 부여에서 인
천에 갔다. 김포공항까지 버스를 타고 갔다가 공
항에서 이틀을 지내기도 했다. 따뜻한 물이 나와
서 세수를 하고 이를 닦기 좋았다. 김포공항에서
리무진을 타고 순천으로 내려왔다. 순천에서 여
수로 갔다가 여수 터미널에서 며칠을 보냈다. 이
틀이나 사흘에 한 번씩 모텔에 가서 반신욕을 하
고 열두 시간 이상 잠을 잤다. 모텔에서 잠을 자
는 날은 치킨과 맥주를 시켜 먹었다. 러닝셔츠와
팬티와 양말을 빤 다음 드라이어로 말렸다. 와이
셔츠가 더러워져 회색 티셔츠를 하나 사서 입었

다. 와이셔츠는 쓰레기통에 버렸다. 어느 터미널에서 꼬마 아이가 내게 사탕을 하나 주었다. 손잡이가 달린 막대사탕이었다. 나는 고맙다며 아이의 머리를 쓰다듬었다. 옆에 있던 아이 엄마가 그 모습을 보더니 화들짝 놀라며 소리쳤다. "뭐 하는 거야." 나도 놀라고 아이도 놀랐다. 엄마가 아이의 손을 잡고 자리에서 일어났다. 나는 아이 엄마에게 나쁜 사람이 아니라고 말하고 싶었다. 노숙자가 아니라고 말하고 싶었다. 하루에 세 번씩 이를 닦았고, 사흘에 한 번씩 머리를 감았고, 일주일에 한 번씩 구두를 닦았다. 집이 없어서 터미널에 있는 게 아니라고 설명하고 싶었다. 나라는 작고, 버스는 연결되어 있고…… 그리고 무엇보다 나는 시간이 많았다. 단지 그것뿐이었다. 정말로 그게 이유의 전부였다.

전국의 모든 터미널에 가보았다는 남자를 만난 적이 있었다. 나이가 나와 같았다. 처음에는 사기를 친 친구를 찾기 위해 친구의 부모님이 한다는 가게를 찾아 나선 것이 시작이었다. 그 가게가 터미널 내에 있는 매점이었다. "4억이 넘었어요. 그 친구한테 사기 당한 돈이." 남자는 대학 동창의 장례식장에 갔다가 대학교 때 같은 기숙사를 썼던 룸메이트를 만났다. 오래간만에 만난 친구는 키르기스스탄에서 금광 사업을 한다고 했다. 금맥을 발견해서 이제 금을 캐내기만 하면 된다고. 그러면서 친구는 남자에게 1억을 투자하면 배로 불려준다고 말했다. "누가 들어도 사기 같죠? 그런데 그땐 진짜 같았어요. 키르기스스탄 정부에서 발행해준 금광 개발권이 있었다니까요. 제가 봤어요. 대통령하고 찍은 사진도 있었다니까요." 남자는 욕심을 내서 4억을 투자했다. 그리고 결과는 예상 그대로. 아파트를 팔아 빚을 갚았고, 아내는 이혼 서류를 내밀었고, 아들은 아버지와 대화를 하지 않았다. 남자는 매점 맞은편 의자에 앉아서 한 달을 보냈다. 배가 고프면 남자는 매점에 들어가 아무 음식이나 들고 나왔다. 빵, 우유, 사발면, 과자, 맥주. 친구의 부모는 남자가 무얼 들고 가든지 상관하지 않았다. 눈에 보이지 않는 것처럼 굴었다. 그러던 어느 날이었다. 일을 마치고 집으로 돌아가던 친구의 부모가 남자에게 박카스 한 박스를 건넸다. "말랐어요. 건강 챙겨가며 일해요." 친구의 아버님이 말했다. 옆에 서 있던 어머님이 미안했어요, 하며 인사를 했다. 남자는 그 말이 어딘가 이상하다는 생각이 들었다. "그리고 다음 날, 친구의 부모님이 가게에 나타나지 않았어요. 하루가 지나고, 이틀이 지나고, 사흘이 지나고. 매점 문은 계속 닫혀 있었어요. 나중에 알았는데 농약을 먹었다고 하더라고요." 남자는 집으로 돌아가지 못하고 터미널을 떠돌기 시작했다. "죄책감 때문에 그런 건 아니에요. 그냥 그렇게 되었어요." 남자가 말했다. 나는 남자에게 단양으로 가는 버스표를 끊어주었다. 먼 곳으로 떠나는 친구를 배웅하듯 나는 멀어지는 버스를 향해 손을 흔들었다.

아파트 단지에 둘러싸인 어느 터미널에서는 매연에 항의하는 주민들의 집회에 참여했다. 서명도 했다. '분진 때문에 창문도 못 열어놓겠다.' '숨 좀 쉬고 살자. 터미널을 이전하라!' 구호를 외쳤다. 그 터미널의 기사식당은 쌈밥 정식이 참 맛있었다. 제육볶음이나 오징어볶음 중 하나를 선택할 수 있는 것도 마음에 들었다. 기사식당에서 밥을 먹고 아파트 단지에서 어슬렁거리다 터미널로 돌아와 잠을 잤다. 저녁 여섯 시에서 일곱 시 사이에 아파트 단지를 걷다 보면 밥 짓는 소리가 들려오곤 했다. 골목길에서 오토바이에 치일 뻔한 아이를 구해준 적도 있었다. 오토바이에는 내가 치였는데, 아이가 코피를 흘리는 바람에 사람들이 아이 걱정만 했다. 잠시 후 과일 가게에서 아이 엄마가 달려 나왔다. 아이 엄마가 내게 10만 원을 주었지만 나는 받지 않았다. 허리 통증으로 며칠 고생을 했다. 찜질방에서 이틀을 자면서 허리를 지졌다. 강변에서 캐치볼을 하는 부자를 보았다. 아들은 공을 잡는 순간에 눈을 감았다. 그래서 공이 자꾸만 뒤로 빠졌다. 아버지가 아들에게 눈 똑바로 뜨라고, 하며 소리쳤다. "안 떠지는 걸 어쩌라고." 아들이 아버지에게 소리쳤다. 처음에는 왜 저렇게 싸우나 싶었는데 부자의 말투가 원래 그런 듯했다. 아들이 공을 잡으면 아버지가 엄지를 치켜들고 소리쳤다. "굿 잡." 그러면 아들도 똑같이 따라 했다. "굿 잡." 그들을 구경하던 나도 소심하게 엄지를 들고 속으로 외쳤다. 굿 잡.

개실망! 딸은 그 말을 자주 썼다. 내가 문자를 보내면 개실망이라는 답을 보냈다. 캬, 하고 답을 보낼 때도 있었다. 캬은 오케이를 뜻하고 개실망은 노를 뜻했다. '지금 퇴근길인데 만두 사 갈까?' '캬!!' '주말에 등산 갈까?' '개실망!' 그런 식이었다. 캬이라는 단어에는 항상 느낌표를 두 개씩 붙였다. 아내한테 그렇게 보냈다가 혼난 뒤 딸은 나한테만 그 말을 썼다. 나는 혼내지 않았다. 그런 메시지를 받고 나면 친구 같은 아빠가 되는 게 무엇인지 알 것 같은 착각이 들었다. 내 인생은 개실망. 사춘기를 앓던 시절의 딸에게 자서전을 써보라고 하면 아마 이런 문장으로 시작하지 않을까?

어느 터미널에서는 직업이 모험가라는 사람을 만났다. 그날은 저녁으로 편의점에서 비빔밥을 사 먹었다. 터미널 2층에는 야외 테이블이 있었는데 원래는 흡연자를 위해 만들어진 공간이었다. 그런데 그곳까지 가서 담배를 피우는 사람은

거의 없었다. 그 터미널에 머무는 동안 나는 편의
점에서 즉석 음식을 사다가 거기서 밥을 먹었다.
야경도 그럭저럭 볼만했다. 맥주 한잔 마셨으면
좋겠다는 생각이 들 정도의 야경이었다. 비빔밥
을 먹고 있는데 커다란 배낭을 멘 청년이 다가왔
다. 그러곤 바닥에 배낭을 던지듯 내려놓고는 내
옆에 앉아서 담배를 피웠다. "한 대 드려요?" 청
년이 담배를 권했다. 나는 오래전에 끊었다고 대
답했다. 밥을 다 먹은 다음 1층으로 내려가 텔레
비전을 보았다. 프로야구 준플레이오프가 시작되
었다. 응원하는 팀은 아니었지만 끝까지 보았다.
연장전까지 갔다. 경기가 끝나니 열한 시가 넘었
다. 심야버스도 운행하지 않는 터미널이라 가게
들이 문을 닫기 시작했다. 내게 담배를 권했던 청
년이 나를 불렀다. 청년을 따라 올라가보니 야외
테이블 옆에 작은 텐트가 쳐져 있었다. "저 노숙
자 아니에요. 내일 아침에 첫차를 타야 해서 오늘
만 여기서 자는 거예요." 청년이 말했다. 청년은
이제 날이 쌀쌀해졌다고, 밖에서 자면 큰일 난다
고, 텐트에서 자라고 말했다. "저도 노숙자 아니

에요. 하지만 오늘 밤은 신세를 질게요." 텐트 안을 들여다보니 아늑해 보였다. 청년은 자기 직업이 모험가라고 했다. 전국의 터미널과 기차역 중에서 몰래 텐트를 칠 수 있는 곳을 자신만큼 많이 알고 있는 사람은 없을 것이라며 자랑을 했다. "나는 여행 작가예요. 전국 터미널의 기사식당을 취재하는 중이에요." 나는 거짓말을 했다. 그런데 그렇게 말하고 보니 정말로 그런 책을 써볼까 하는 생각이 들었다. 청년은 책이 나오면 자기는 꼭 사 볼 거라고 말했다. 그러면서 식당 이야기만 하면 재미없을 테니 중간중간에 터미널에서 만난 사람들이라는 코너를 넣어주면 어떻겠느냐고 했다. 그리고 청년은 화장실에 갔었다가 사흘만에 빠져나온 이야기를 해주었다. 화장실 문고리가 그전부터 말썽이었는데 고치지 않은 게 화근이었다. 샤워를 하고 나니 화장실 문이 열리지 않았다. "제가 옥탑방에서 혼자 살거든요. 아무리 문을 두드려도 소용이 없었어요." 하루가 지나고 이틀이 지났다. 샤워하기 전에 옷을 밖에 벗어둔 청년은 수납장에 있는 수건을 전부 꺼내 몸에 둘렀다. 밤이 되니 추위가 찾아왔다. 화장실 창문은 방범창이 설치되어 있어서 밖으로 나갈 수가 없었다. "새벽마다 저는 방범창에 얼굴을 대고 소리쳤어요. 살려달라고." 오사카로 가족 여행을 갔다가 일요일 새벽에 돌아온 집주인이 그 소리를 들었다. 119가 출동을 했고, 잠을 자던 동네 사람들이 구경을 나왔다. 문을 연 구급대원에게 청년이 가장 먼저 한 말은 팬티 좀 주세요, 였다. "별거아닌 얘기죠? 그래도 아저씨가 쓰고 싶다면 쓰세요." 청년은 말했다. 화장실에 갇혀 있는 동안 청년은 변기에 앉아 졸았다. 타일 바닥이 차가워서 앉아 있을 곳은 변기밖에 없었다. 졸면서 청년은 생각했다. 이대로 죽으면 얼마나 쪽팔릴까? 구급대원들에 의해 구조된 뒤 청년은 겨울도 아닌데 보일러를 틀었다. 온도를 28도로 맞춰놓고 땀을 흘려가며 잠을 잤다. 다음 날 청년은 회사에 나가지 않았다. 하루 더 그렇게 잠을 잔 다음 청년은 회사에 사표를 냈다. 그리고 집으로 돌아오는 길에 아웃도어 매장에 들러 텐트를 샀다. 헤어지기 전에 나는 청년에게 해장국을 사주었다. 만약 책을 내면 보내주겠다며 주소를 물어봤다. 핑크색 수첩 마지막 장에 청년이 주소를 적어주었다. 청년이 밥값이라며 목베개를 선물로 주었다. 튜브로 되어 있어서 쓰지 않을 때는 바람을 빼서 접어둘 수 있었다. 목베개를 하고 버스를 타면 잠이 잘 왔다.

날이 쌀쌀해졌고, 내복을 사서 입었다. 원래 나는 내복을 바지만 입었다. 윗도리는 입지 않았다. 겨드랑이가 답답한 걸 못 견뎠다. 평소에도 소매 없는 러닝셔츠만 입었다. 그런데 등이 서늘해서 내복 윗도리를 입지 않고는 견딜 수가 없게 되었다. 등이 으스스해서 잠을 잘 수가 없을 정도였다. 가만히 있다가 나도 모르게 몸서리가 쳐지곤 했다. 찜질방도 소용이 없었다. 약국에 가서 증상을 말하니 몸살이라며 약을 주었다. 몸살 약을 먹어도 소용없다고 했더니 약사가 등에 핫팩을 붙여주었다. 핫팩을 붙이니 식은땀이 났다. 겨드랑이에도 땀이 나고, 이마에도 땀이 나고, 엉덩이에도 땀이 났다. 그러면서도 여전히 등은 시렸다.

대합실에 있는 시간보다 공원에서 해바라기를 하는 시간이 더 많아졌다. 겨울이 오기 전에 햇볕을 쬐야 했다. 햇살을 실컷 구경해두어야 했다. 마치 겨울잠에 빠져들기 전에 배불리 먹어두는 동물처럼. 공원 벤치에서 책 한 권을 주웠다. 『건축의 이해』라는 책이었다. 나는 벤치에 앉아 책을 펼쳐보았다. 왜 가을을 독서의 계절이라고 부르는지 의문이 들었다. 책을 읽기에는 일찍 해가 지는 겨울이 더 어울릴 텐데. 30분이 지났을까? 한 청년이 다가오더니 그 책이 자신의 것이라고 말했다. "당신 거라는 증거 있어요?" 나는 책을 돌려주기 싫어 장난을 쳤다. "마지막 장에 제 이름이 써져 있어요. 김근식. 한번 보세요." 마지막 장을 펼쳐보니 거기 이름이 써져 있었다. 김근식. 그리고 그 옆에 다른 이름도 하나 더 써져 있었다. 박지우. "여자 친구예요?" 나는 박지우란 이름을 가리켰다. "헤어졌어요. 아니 차였어요." 청년이 말했다. 나는 청년에게 내 주민등록증을 보여주었다. "김근식. 이거 봐요. 제 책이죠?" 나는 청년에게 원래 내 책이지만 선물로 줄 수 있다고 농담을 했다.

어차피 돋보기가 없어서 읽지도 못한다고 말했다. 청년이 책을 돌려받으면서 말했다. "네 번째예요. 저랑 같은 이름을 가진 사람을 만나는 게." 나는 청년에게 다섯 번째라고 말했다. "그중에 여자도 있었어요." 내 말에 청년은 여자는 한 번도 못 만나봤다고 했다. 나는 책을 들고 돌아가는 청년의 뒷모습을 바라보며 생각했다. 이젠 정말로 이름을 바꿔야겠다고.

청년과 헤어지고 공원 앞에서 마라톤 행렬을 보았다. 몇몇 사람들이 인도에 서서 달리기를 하는 사람들을 향해 박수를 쳤다. 나는 도로로 한 발을 내밀어보았다. 그리고 앞으로 앞으로 걸었다. 중앙선 한가운데 서서 하늘을 보았다. 가을 하늘은 높구나. 근사한 말이 떠오를 줄 알았는데 진부한 말만 생각났다. 내 자신이 실망스러웠다. 나는 뛰었다. 노란 중앙선을 밟아가며. 마라톤 선수들이 나를 지나쳤다. 왼쪽으로. 오른쪽으로. 같이 뛰어보니 마라톤 선수들의 속도가 얼마나 빠른 것인지 실감이 났다. 딸이 어렸을 때 불면증에 걸린 적이 있었다. 열 살인가 열한 살인가. 암튼

그즈음이었다. 사람들은 꼬맹이가 무슨 불면증이 나며 우리 부부의 말을 믿지 않았다. 나도 처음에는 믿지 않았다. "아빠, 박쥐로 존재한다는 건 어떤 의미일까?" 딸이 물었다. 초등학생이 조숙한 척 말하는 게 웃겨서 나는 딸의 이마에 꿀밤을 먹였다. "박쥐의 눈으로 세상을 본다고 상상해보려는데 그게 잘 안 돼." 그제야 나는 딸이 왜 밤마다 잠을 이루지 못하는지 알게 되었다. 딸은 다른 동물이 되는 상상을 했다. 돼지의 시선. 잠자리의 시선. 고양이의 시선. 딸은 길을 걸으면서 참새에게는 이 단풍이 어떻게 보일까, 하고 생각했다. 음악을 들으면서 고양이에게는 이 노래가 어떻게 들릴까, 하고 생각했다. 처음에는 재미로 시작했는데 나중에는 그 생각이 멈춰지지 않았다고 딸은 말했다. "그런데 제일 어려운 게 뭔지 알아요? 박쥐예요, 박쥐. 박쥐는 도통 상상이 되질 않아요." 딸은 박쥐 때문에 불면증에 걸렸다. 그놈의 박쥐가 뭐라고. '나는 박쥐 때문에 불면증에 걸렸다.' 그 문장을 중얼거려보니 괜히 화가 났다. 화가 나니 달리는 속도가 빨라졌다. 달리면서 나는 딸이 그랬던 것처럼 박쥐로 세상을 본다는 것은 어떤 것인지를 상상해보려고 했다. 깜깜한 동굴과 축축한 공기만 떠올랐다. 코피가 났다. 주머니를 뒤져봐도 휴지는 나오지 않았다. 나는 양복 소매로 피를 닦았다. 그래도 계속 달렸다. 철봉을 하고 난 다음 손바닥에서 나는 냄새. 쇠 냄새가 났다. 딸은 짜장면을 시켜 먹을 때면 달걀프라이를 해서 그 위에 올려 먹는 걸 좋아했다. 짜장라면을 먹을 때도 그렇게 했다. 자기가 좋아하는 아이돌 가수가 방송에 나와서 알려준 방법이라고 했다. 나는 짜장면에 고추기름을 뿌려 먹는 걸 좋아했다. 고춧가루보다 고추기름이 더 맛있었다. 달리기를 마치면 짜장면을 사 먹어야겠다는 생각을 했다. 딸은 양말을 뒤집어 벗어서 매번 엄마한테 혼났다. "그냥 빨아. 내가 신을 때 뒤집어 신으면 되잖아?" 혼날 때마다 딸은 말했다. '나는 기분이 좋은 날은 땡땡이 무늬의 양말을 신었다.' '엄마에게 혼난 날은 회색 양말을 신었다.' '나는 사랑니가 나지 않았다.' '나는 하루에 세 번이나 무지개를 본 적이 있었다.' 나는 달리면서 아무 문장이나 만들어보았다. 딸의 취미는 양말 모으기였다. 아침에 어떤 양말을 신는지를 보면 그날 딸의 기분 상태를 알 수 있었다. 사고가 나던 날 딸은 무슨 양말을 신었던가? 기억이 나지 않았다. 그날 운동화를 신지 않고 단화를 신었는데. 그건 기억이 나는데 양말이 기억나지 않았다. 양말이 기억나지 않아 달리면서 나는 울었다. 딸기 모양. 그래 딸기가 그려져 있다고 상상을 해보자. 아니면 도넛은 어떨까? 도넛이 그려진 양말을 길에서 보고 사다준 적이 있었다. "던킨 갔었어?" 양말을 보고 딸이 물었다. 내가 산 거라고 하자 딸이 도넛 가게에서 사은품으로 준 양말 같다고 말했다. 숨이 찼다. 심장이 터질 것만 같았다. 나는 해커들이 내 심장박동기를 조작하는 중이라고 상상해보았다. 로터리가 나왔다. 거기가 반환점이었다. 나는 계속 로터리를 돌았다. 뱅글뱅글. 그저 바라만 보고 있지. 뜬금없이 오래전 유행가 가사가 떠올랐다. 그 노래를 부르며 로터리를 돌았다. 구름이 너무 하얘서 비현실적으로 느껴졌다. 중학교 졸업 기념으로 딸은 아내와 터키로 여행을 갔었다. 딸은 시차를 생각하지도 않고 아무 때나 내게 사진을 보냈다. 잠을 자다 유적지에서 찍은 사진을 받으면 지금 내가 있는 곳이 현재인지 과거인지 미래인지 구분이 잘 안 되었다. 딸이 보낸 사진 중 내가 가장 좋아하는 사진은 고대 화장실을 배경으로 찍은 거였다. 구멍이 뚫린 돌에 앉아서 딸은 얼굴을 찡그리고 있었다. 두 주먹을 불끈 쥐었다. 그 아래 변비 환자! 라는 설명이 붙어 있었다. 화장실에 앉아 로댕의 「생각하는 사람」을 흉내 낸 사진도 있었다. 변비 환자. 그 사진을 나는 오랫동안 휴대폰 바탕화면에 띄워놓았다. 거기가 어디라고 했던가? 암튼 터키에 있는 유적지였다. 고고학자들이 발견하기 전까지 화장실은 아주 오랫동안 땅에 묻혀 있었을 것이다. 여행을 갔다 온 후 딸은 거기가 유료 수세식 화장실이었다고 설명해주었다. 변기 아래로 물이 흐르게 설계되어 있다고 했다. 그 옛날, 터키 사람들은 얼마의 돈을 내고 화장실에 갔을까? 그때 내가 왜 같이 여행을 못 갔는지. 후회가 되었다. 로터리를 돌다 보니 어느 방향으로 나가야 할지 알 수 없었다.

오거리였다. 그 말은 빠져나갈 수 있는 길이 다섯 개란 뜻이었다. 나는 열일곱 살. 나는 열일곱 살. 나는 열일곱 살. 로터리를 뱅글뱅글 돌면서 나는 계속 그 말만 중얼거렸다.

작품해설

겁쟁이라는 말

황예인

유독 윤성희의 소설을 읽고 나면 요약 앞에서 몹시 곤란해진다. 그럼에도 굳이 『첫 문장』의 줄거리를 말해야 한다면 겨우 이렇게 할 수 있을 따름이다. 태어나기도 전에 일어난 아버지의 투신자살과 어머니의 재혼으로 배다른 형제들과 부대끼며 자라야 했던 외로운 소년의 이야기. 네 차례의 죽음에서 운 좋게 벗어나 어른이 되어서는 사고로 첫딸을 잃고 이제는 아내와도 헤어지고 만 쓸쓸한 남자의 이야기, 라고.

하지만 이런 식이라면 윤성희의 소설을 읽을 때마다 마음에서 일어나는 파동을 제대로 표현하기는 힘들어진다. 우리의 삶이 그러한 것처럼 그녀가 쓰는 이야기도 뚜렷한 인과관계로 연결된 사건들의 나열로 구성되지 않기 때문이다. 우리는 사건의 경중, 감정의 근원, 욕망의 정체 따위를 투명하게 알지 못한 채 살아간다. 물론 나름의 방식으로 이를 그럴듯하게 설명해볼 수는 있겠으나 그런다고 삶이 그 결대로 빗겨지는 것은 아닐 것이다. 어쩌면 바로 이러한 점 때문에 우리는 이야기를 읽고 싶어 하는 것인지도 모르겠다. 작가가 만든 이야기 안에 삶을 해석할 수 있는 비밀들이 웅크리고 있다는 믿음. 이를 발견해내고 열쇠처럼 쥐고는 삶의 자리로 되돌아오는 일이 바로 읽기의 기쁨이라고 여기고 있는 것은 아닐까.

하지만 윤성희는 답을 마련해두고 이를 부러 숨기는 방식으로 쓰는 작가가 아니다. 삶을 풀어야 할 문제로 보지 않으면서, 빗겨지지 않는 삶의 결을 살려 이야기를 만들고 그 안에 인물들을 놓아둘 뿐이다. 덕분에 우리는 그 인물들이 살아가는 모습을 보게 되고 이를 통해 우리가 살아가는 모습 또한 느낄 수 있게 된다. 누구나 삶에 대해

쓰지만 그녀처럼 쓰지는 않기에, 나는 이 소설을 읽으면서 마치 처음인 것처럼 마음이 내려앉았다.

*

몇 년 전 출판사에서 일할 때 윤성희의 소설집 『베개를 베다』(문학동네, 2016)를 편집했다. 겨울에서 봄으로 넘어가는 계절 동안 이 소설집에 등장하는 인물들이 마치 자신처럼 훤히 들여다봐지곤 했다. 예컨대 길에서 만난 할머니에게 "이틀째 땡땡이를 치는 거라고, 내일도 또 땡땡이를 치고 싶을까봐 무섭다"고 고백하는 남자(「이틀」)나 "일부러 손가락에 음식을 묻히기에는 수프만큼 좋은 게" 없으므로 수프를 먹는다는 남자(「휴가」)의 마음 상태를 어렵지 않게 이해할 수 있었다. 이를 중년 남성의 엄살이나 다 큰 성인의 퇴행이라고 간단하게 정리해버리고 싶지는 않았다. 그 행위 아래에 놓인, 인물의 마음속에 자리 잡고 있을 어두운 욕망이 짐작되었기 때문이다.

다만 이야기들이 나를 움직여 내가 원래 걷던 길의 방향이 살짝 틀어졌음을 알아챘다. 근무하는 동안 좀처럼 쉬지 못했었다. 업무량이 많고 정신없이 바빴기 때문이라고 여겨왔다. 그런데 이틀의 휴가를 내게 되었다. '이틀'과 '휴가'라는 제목이 붙은 이 이야기들 덕분에 그렇게 되었노라고 한동안 농담처럼 말하고 다녔다.

시간이 어느 정도 지나고 나서야 나는 내가 그 농담 안에 무엇을 감추려고 했는지 어렴풋이 깨달았다. 요컨대 이야기가 나를 다시 살고 싶어지도록 만들었다는 것. 그런데 어떤 이야기가 감동적이었다고 말하는 차원이 아니라 그로 인해 삶이 지탱될 수 있었다고 하는 고백이라면, 그것이 그저 과장된 상찬처럼 들리지 않게 하려면 나는 어떻게 써야 하는 걸까.

*

이 소설은 "10대 시절, 나는 네 번이나 죽을 뻔

했다"는 문장으로 시작한다. 그 역사는 다음과 같다. 남자는 아홉 살 때 다리 위에 걸터앉아 구름을 구경하다가 떨어져 삼촌에게 발견되는데 이때 벗어둔 신발 때문에 자살 기도를 한 것으로 오해받는다. 열세 살 때에는 여름방학을 맞아 친구들과 천렵을 나갔다가 물에 빠지고 때마침 떠 있던 수박을 껴안은 덕분에 살아남아 '행운의 소년들'이라는 제목으로 지역신문에 실린다. 열다섯 살 때에는 종례 후 한시라도 빨리 하교하기 위해 창문 밖으로 뛰어내리는데 2층인 걸 깜박한 바람에 크게 다치고 또다시 자살 기도로 오해받는다. 마지막은 고등학교를 졸업하고 공장에 다니던 시절의 일로, 풀린 운동화 끈을 묶기 위해 쪼그려 앉은 남자의 코앞으로 간판이 떨어진다.

첫 번째 사고 후 남자는 양아버지로부터 성을 물려받아 '김근식' 대신 '박근식'이라는 이름을 얻게 되고, 세 번째 사고 후에는 영순, 영철, 영환이라는 배다른 형제들의 가운데 글자를 따라 '영무'라는 이름을 얻게 된다. 그렇게 죽을 뻔한 사고들을 거치면서 새 이름을 얻게 된 남자는 새로운 관계 안으로 점차 스며들어갈 수 있었을 것이다.

총 다섯 개의 챕터로 구성된 소설의 1부에서는 이러한 죽음의 사연과 소년 시절의 일들이 회상된다. 2부에서는 직장에서 권고사직을 당하고 자리를 정리하는 현재의 이야기로 틈틈이 딸아이의 죽음과 아내와의 이별이 드러난다. 물론 윤성희의 다른 소설이 그런 것처럼, 또한 우리의 삶이 그런 것처럼 이 비극적인 사건들은 흔적으로만 드러날 뿐이다. 3부에서 5부까지에 이름을 붙이자면 남자의 첫 문장을 쓰기 위한 여정이 될 것이다. 조카의 결혼식에 참석하기 위해 원주에 간 남자는 누나의 집에서 하룻밤을 보낸 후 횡성으로 가는 버스를 탄다. 이후 춘천, 경주, 거제, 통영, 김해, 군산, 부여, 인천, 순천, 여수…… 등 계획에 없던 여정이 이어지는데 남자의 활동 반경은 터미널 주변을 벗어나지 않는다. 남자는 무언가로부터 도망치기 위해 그 자리를 벗어나려는 것처럼 끊임없이 이동하며, 시간을 빠르게 흘러가도록 만들려는 것처럼 한 계절 내내 떠돌아다닌다.

그러한 와중에 남자가 틈틈이 생각하는 것은

'첫 문장'이다. 남자는 회사에 다닐 때 회장의 신임을 얻어 그의 자서전을 쓴 적이 있다. 만약 자서전을 쓴다면, 딸아이는 자신의 인생을 기록하기 위한 글의 첫 문장을 어떻게 시작할까? 남자는 "딸은"이라고 썼다가 "어릴 적 정연은"이라고 바꾸었다가 결국 "나는"이라고 시작되는 문장들을 적어본다. 딸의 자리로 가 그는 "나는 열일곱 살" "나는 한 번에 뜀틀을 넘어본 적이 없었다" "나는 한 달에 다래끼가 일곱 번이나 난 적이 있었다" 등과 같은 문장을 만들어나간다.

하지만 우리는 안다. '나'라는 주어를 쓴다고 해서 다른 사람처럼 될 수는 없다는 것을. 알면서도 남자는 상상하고 적는다. 그렇게 할 때에만 이제는 곁에 없는 딸아이에게 가닿는 느낌을 가질 수 있을 테니까. 달리 무엇을 할 수 있겠는가, 정확한 문장을 완성해냈기 때문이 아니라, 그저 어떤 문장들을 상상하고 적어보는 시간만이 우리를 살게 한다면.

소설의 마지막 장에서 마라톤 행렬을 따라 함께 달리며 남자가 떠올린 것은 수첩의 첫 장에 적었던 "나는 열일곱 살"이라는 문장이다. 아마도 딸아이가 누렸을 마지막 나이, 끝인 걸 모르고 명랑한 톤으로 시작되는 첫 문장, 그 시간 다음으로는 결코 나아갈 수 없는. 이 소설은 이렇게 자신의 삶을 죽을 뻔한 역사로 요약한 첫 문장으로 시작해, 딸아이의 자서전에 기록될 첫 문장에 닿으며 끝이 난다.

*

이 소설이 내게 일으킨 첫 파동은 남자의 도망으로부터 비롯된 것이었다. 아내가 떠난 집에서 낮잠을 자던 남자는 문득 자신이 사람들의 오해를 방패 삼아 사춘기 시절을 통과해왔음을 깨닫는다. 새 가족에 적응하지 못하고 죽으려던 예민한 소년, 이라는 점차 부풀려지는 소문 속에서 비겁하게 혹은 안전하게 자신을 지켜왔음을 뒤늦게 알게 된 것이다.

그런데, 정말 그런 것일까? 아직 어떠한 사고

도 일어나지 않아 소년이 '김근식'이던 시절, 이름
없는 다리에 앉아 언젠가 근사한 이름을 지어주
겠다고 다짐하는 소년의 마음을 좀 더 들여다보
고 싶다. 다행히도 바로 이 앞에 놓인 장면 덕분
에 우리는 그 마음을 조금이나마 헤아려볼 수 있
다.

소년은 이름 없는 다리 쪽으로 걸어가다가 병
뚜껑을 하나 줍는다. 망치로 두드려 딱지를 만들
어야겠다고 생각하며 계속 걷던 그의 눈에 창고
가 들어온다. 이내 이상한 종교에 빠진 청년을 그
의 부모가 강제로 창고에 가두었고 그가 허리띠
로 목을 매 자살했다는 이야기를 할머니로부터
들은 기억이 떠오른다. 순간 소년은 주머니에 넣
어두었던 병뚜껑을 꺼내 창고 쪽으로 힘껏 내던
진다.

이때 소년의 마음속에서는 어떤 일이 벌어지고
있었을까? 창고를 보자 누군가의 죽음(더 정확하
게는 자살)이 떠오르고 이것이 소년 안에 자리 잡
고 있던 어두운 욕망을 감지하도록 이끈다. 소년
은 자신의 욕망에 두려움을 느끼고 이를 떨쳐내

기 위해 마음의 일부를 끊어내듯 병뚜껑을 던져
버린다. 이로써 소년은 자신에게 끈질기게 따라
붙는 죽음의 그림자에서 잠시나마 벗어났다고 믿
게 된다. (이 어두운 욕망의 기원을 아버지의 투
신자살이나 어머니의 재혼으로 인한 환경의 변화
로 설명하기란 손쉬운 만큼 여기에서는 그리 중
요하지 않은 것 같다. 그저 감당하기 어려운 욕망
이 소년에게 있음을 알아차리는 것으로 충분할
것이다.) '소년은 죽고 싶어 했다'고 말해도 될까?
공교롭게도 이 장면이 다리에서 떨어져 자살 기
도를 한 것으로 오해받는 장면 바로 앞에 놓이기
때문에 우리 또한 이 오해에 동참하게 된다.

　그러니까 남자는 어린 시절 자신이 정말로 죽
고 싶어 했다는 사실을 여전히 모르는 채로 우리
에게 이 이야기를 들려주고 있는 것은 아닐까?
이 소설을 아홉 살 이후 늘 죽고 싶은 마음으로부
터 도망치며 살아온 남자의 이야기라고 말해도
괜찮을까? 어두운 욕망을 오해라고 여기지 않았
다면 견딜 수 없었을 테니까 자신마저 속이고 만
남자의 이야기라고.

*

그다음의 파동은 시차를 두고 늦게 찾아왔다. 독자로서 우리는 결코 백지가 아니며 읽는 동안에도 삶은 지속되기 때문이다. 우리의 경험과 기억들은 이미 읽어 다 끝났다고 생각한 이야기를 삶의 자리로 다시 불러와 새롭게 읽기를 요구한다. 시간이 흐른 후에야, 나는 이 소설을 읽으며 죽고 싶은 마음으로부터 도망치던 소년과 소중한 존재의 죽음을 겪어야만 했던 남자를 떨어뜨려놓고 생각했었다는 사실을 깨닫게 되었다. 회피하는 방식으로 끊임없이 의식해왔던 죽음이 정작 자신이 아니라 딸아이에게 찾아왔을 때(당연히 그 사이에는 어떠한 인과관계도 없지만) 그는 어떤 생각들을 했을까? 그러자 딴청을 부리는 것처럼 느껴지던 남자의 분위기가 좀 더 선명하게 떠올랐다. 거대한 죄책감과 상실감(이렇게 규정할 수 있을 뿐 나는 이 안을 어떤 상상의 힘으로도 채울 수가 없다)이 삶에 집중하지 못하게 만들었던 것은 아니었을까 가만히 짐작하면서.

살아가는 일은 무언가를 마주하고 극복하는 것
이 아니라 우회하며 딴전을 피우는 편에 가깝다
고, 게다가 그조차 몹시 힘든 일이라고 말하는 듯
한 윤성희의 이야기. 그리고 이를 달래려는 듯 그
녀가 마련해놓은 작지만 분명한 장치들. 소설에
음식이 나온다고 해서 항상 식욕이 동하는 것은
아니다. 그런데 윤성희의 소설에는 음식이나 술
을 먹는 장면이 빈번하게 등장하고, 그것은 언제
나 우리의 식욕을 자극하고야 만다. 『첫 문장』 속,
눈먼 할머니가 남자에게 흘리지도 않고 따라주는
막걸리랄지, 그런 할머니가 먹기 좋도록 남자가
두부 위에 올려놓아준 파김치랄지 하는 것들. 아
주 잠깐이라도 두려움을 잊게 하고 삶 쪽으로 당
기려는 의도인 것처럼 곳곳에 놓아둔 다정한 흔
적들.

*

마라톤 행렬과 함께 달리던 남자는 사고가 나

던 날에 딸아이가 신었던 양말의 무늬가 기억나지 않아 울고 만다. 양말의 무늬는 끝내 떠오르지 않고 남자는 로터리를 뱅글뱅글 돌면서 오거리를 바라본다. 오거리란 "빠져나갈 수 있는 길이 다섯 개란 뜻"이라고 생각하면서 계속해서 돈다. 빠져나가는 것. 목적지를 향해 나아가는 것보다 지금 여기에서 벗어나는 것을 더 강조하는 듯한, 빠져나간다는 말. 이는 그런 줄도 모른 채 소년이 택할 수밖에 없었던 도망이라는 삶의 태도와 겹쳐진다.

겁쟁이라는 말. 이제야 나는 윤성희의 인물들을 설명하는 데 이보다 더 알맞은 말을 찾기 어렵다는 사실을 알게 되었다. 아마 그것은 나 자신이 겁쟁이라는 것을 받아들이는 과정이 몹시 더디었음을 뜻할지도 모르겠다. 남자의 죽을 뻔한 네 번의 사고와 끊임없는 여정이 어두운 욕망을 둘러싸고 있는 것일지도 모른다고 읽으며, 아마 누군가 나처럼 윤성희의 소설을 읽을 때마다 마음이 내려앉는다면 나는 그 또한 나와 같은 겁쟁이이며, 그 이유만으로 그 사람을 마음 아프게 좋아할 수 있을 것이라고 생각했다.

첫 문장은 중요하지 않다. 이 소설을 쓰면서 나는 여러 번 그 말을 중얼거렸다. 첫 문장은 중요하지 않다고. 그렇다면 두 번째 문장은? 그것도 중요하지 않다. 세 번째 문장도. 네 번째 문장도. 그리고 마지막 문장도. 이 소설에서 중요한 것은 문장이 아니다. '첫 문장'이라는 제목으로 글을 쓰기로 마음먹을 때부터 나는 그렇게 생각했다. 어떤 문장도 주인공의 마음을 헤아릴 수는 없을 것이다. 이해할 수 있다고 착각하지 말아야 했다. 그러니 지워도 상관없는 문장들로 이루어진 소설을 써야 했다. 문장에 욕심이 생길 때마다 나는 걸었다. 멀리 가지도 않았다. 그냥 아파트 단지를 돌고 돌았다. 저녁 여섯 시쯤 걸으면 밥 짓는 냄새가 나기도 했다. 가만히 서서 그 냄새를 맡아보았다. 그러고 돌아와 다시 노트북 앞에 앉으면 문장은 저 뒤로 사라지고 없었다.

2018년 여름

윤성희

첫 문장

지은이 윤성희
펴낸이 김영정

초판 1쇄 펴낸날 2018년 7월 25일

펴낸곳 (주) 현대문학
등록번호 제1-452호
주소 06532 서울시 서초구 신반포로 321(잠원동, 미래엔)
전화 02-2017-0280
팩스 02-516-5433
홈페이지 www.hdmh.co.kr

ISBN 978-89-7275-901-0 03810
        978-89-7275-889-1 (세트)

* 책값은 뒤표지에 있습니다.